Hubert Berger

Monopolyaffären

Hubert Berger

Monopolyaffären

Impressum

1. Auflage

Umschlagsgestaltung: Marius Moll

© 2023, Hubert Berger

Herstellung und Verlag:

BoD – Books on Demand, Norderstedt

ISBN: 9783751944588

Vorwort

Eine normale, alltägliche Beziehungsgeschichte eskaliert aus heiterem Himmel.

Unheil braut sich zusammen und dann geschieht etwas. Aber was genau ist wirklich passiert?

Egal aus welcher Perspektive die Ereignisse in dieser rasanten Geschichte auch betrachtet werden, schnell wird klar: es gibt nicht nur die eine Wahrheit, aber es gibt ein unerwartetes Ende

Liebesnester

„Sie dürfen die Braut jetzt küssen", höre ich die Standesbeamtin sprechen, in dem sie mir einen auffordernden Blick zuwirft.

Noch ergriffen von den bewegten Worten der in einem Talar vor uns stehenden Beamtin drehe ich meinen Kopf langsam nach links. Ein in Freudentränen gehüllter Blick trifft mich bis ins Mark. Liebevoll streiche ich mit meinen Händen durch ihr Haar und fixiere ihren Kopf, um ihn erwartungsvoll zu küssen.

Ohne großes Dazutun treffen sich unsere Lippen und verschmelzen in kürzester Zeit miteinander.

Das Gemurmel im Raum verstummt so langsam um uns herum. Durch das Schließen meiner Augen steigert sich der Genussfaktor weiter nach oben und so bin ich in der Glückseligkeit angekommen. Nur schwer kann ich mich aus der verführerischen Umklammerung lösen. Mit dem Öffnen meiner Augen komme ich so langsam wieder in die reelle Welt zurück.

Viele Blitze erhellen den festlichen geschmückten Saal und auch alle Augenpaare sind voll auf uns gerichtet, als ich mich umdrehe und unser Glücksgefühl allen Anwesenden zeige. Anna wirkt heute noch liebevoller und erotischer. Durch das verführerische Kleid, das gekonnt hochtoupierte Haar und das perfekte Makeup erscheint sie mir wie eine Göttin. Überaus stolz und stimmungsvoll

11

schreite ich mit meiner Frau auf unsere Gäste zu, um die Glückwünsche unserer Freunde entgegen-zunehmen. In den Augen meiner Mutter Maria spiegeln sich die reine Freude und das Glück, das sie jetzt erfahren darf. Mein Vater Kaspar ist ein harter Hund, der keine Miene verzieht und mir mit einem druckvollen Handschlag seinen Segen gibt.

Wir tauchen weiter in die Schar der anwesenden Freunde ein und genießen den Augenblick in vollen Zügen. Liebe Worte, herzliche Wünsche und einige Gläschen Sekt runden die stimmungsvolle Trauung ab.

Gegen 14 Uhr verlassen wir das Standesamt in der Berliner Straße und fahren mit einem alten, mit vielen Blumen liebevoll verzierten Mercedes in das Grand Hotel. Ich genieße die Fahrt, da wir mit dem Chauffeur allein im Wagen sitzen.

Noch völlig aufgekratzt erscheinen mir die vorbeiziehenden Häuserblöcke viel bunter und erhabener, als ich sie in Erinnerung habe. Neben mir meine attraktive Frau, die durch ihre Art mich anzusehen mir weitere Glücksmomente schenkt.

Durch das Sitzen im Auto hat sich ihr Kleid weit über das Knie nach oben geschoben. Ihre wohlgeformten Beine lassen meine Hände sich wie ferngesteuert auf ihr Knie legen, und beim gleichzeitigen Küssen bewegen sie sich weiter zur Körpermitte.

In Bruchteilen von Sekunden wird mir sehr heiß und meine Hand ist schon sehr weit fortgeschritten, als ein liebvoller Klaps und ein charmantes „du kannst doch noch ein bisschen warten" meine eindeutigen Bemühungen stoppen. Beim „Herunterfahren" erkenne ich den Blick unseres Fahrers, der mein „nicht warten können" schmunzelnd beobachtet. Minuten später stoppt unsere Nobelkarosse vor dem Haupteingang. Ein wartendes und äußerst farbenfrohes Begrüßungskommando empfängt uns standesgemäß.

Mit einem Sprung in meine Arme trage ich Anna auf den Händen durch ein Spalier von Freunden und Familienmitgliedern. Drei Fanfarenbläser erwarten uns in dem überaus festlich geschmückten Spiegelsaal des renommierten Hotels.

Wie Staatsgäste streiten wir über die große Tanzfläche. Unter den Klängen der im Biedermeierstil gekleideten Musikanten setzen wir uns auf unsere Plätze, die mittig an der Stirnfläche des Karrees platziert sind. Allein an der großen Tafel sitzend genießen wir den Einzug unserer Freunde und Gäste. Inge, Annas Schwester hat sich im Vorfeld sehr viel Mühe gegeben, damit der Tag für uns alle als einmalig und unvergesslich in Erinnerung bleibt. Nach weiteren 30 Minuten ist der Festsaal gut gefüllt und mit den Klängen einer Pianospielerin unterlegt, die mit sehr viel Gefühl dem mehrgängigen Festmahl mit ihrer wunderbaren Art eine besondere Note verleiht. Gekonnt und dem Anlass gebührend werden die Speisen professionell serviert.

Unterbrochen wird diese Genussphase nur durch kurze Besuche von Gästen, die ihr Präsente persönlich bei uns abgeben wollen.

Neben vielen vertrauten Gesichtern kommen mir aber auch liebe Menschen entgegen, die mir bis dato unbekannt waren. Leise Gespräche mit Anna über auffällige Beobachtungen lassen uns das Festessen noch kurzweiliger

13

erscheinen. Über einige erfahre ich nette Episoden, bei anderen werde ich mit Skandalen konfrontiert. Doch alle Neuigkeiten erreichen nicht mein Inneres.

Das ist bis auf weiteres mit meiner bezaubernden, hübschen und attraktiven Frau Anna besetzt. Durch den Gaumenschmaus hat sich die Stimmung weiter oben gehalten und so schaue ich zuversichtlich dem weiteren Treiben entgegen.

Eine Schale mit einem Pfefferminzsorbet beendet das festliche Hochzeitsmahl. Innerlich zufrieden, lehne ich mich in meinem Stuhl zurück und lasse das festliche Treiben auf mich wirken. Rechts von mir erkenne ich ein leicht hektisches Benehmen meiner Schwiegermutter Bernadett.

Ihre Meinungsverschiedenheit trägt sie sehr temperamentvoll mit Roger, ihrem Mann aus. Roger erscheint mir sehr defensiv und lässt alles in Ruhe über sich ergehen. Durch meine Glückshormone schweife ich mit meinem Blick weiter in den Saal, bevor Roger plötzlich vor mir steht und mir mit leicht stockender Stimme ein Geheimnis anvertraut.

„Klaus kommt heut noch vorbei", sagt er zu mir und meint Annas Ex, der sich bei meiner Schwiegermutter einen Platz in der Runde erschlichen hatte. „Mir egal", antworte ich gleichgültig und erkenne, wie Roger sehr erleichtert zu seiner Frau zurückkehrt.

Mit einem leichten Nicken zeigt er Bernadett meine Zustimmung. Bevor wir gegen 15 Uhr beim Starfotografen Putsch unsere glücklichen Gesichter für immer verewigen lassen, nehme ich Anna in den Arm und führe sie gekonnt auf die Tanzfläche. Die spontane Aktion wird von dem

Bandleader sofort erkannt und so wechselt er die Art der Musik und lässt unseren Lieblingssong im Saal erklingen: „Du bist alles, was ich habe" von Peter Maffay! Mit rhythmischen Schritten bewegen wir uns allein auf dem großen Parkett und unsere Tanzkurskombinationen glücken zum ersten Mal.

Mit dem Gefühl der Leichtigkeit genieße ich die weiteren Lieder und drehe mich zum wiederholten Male in die Glückseligkeit.

Ein in die Höhe gehaltener und rhythmisch schwingender Arm meines Vaters Lorenzo lässt uns den Tanz beenden. Die Familie drängt zum Aufbruch. Schnell sitzen wir wieder in unserem Brautauto, das mit lieben kleinen Aufmerksamkeiten wunderbar dekoriert ist. Abermals werde ich schwach als ich neben Anna in der Nobelkarosse sitze.

Wie von Magneten angezogen umschlingen meine Hände ihren verführerischen Körper. Ein langanhaltender Kuss gibt dem Ganzen noch einmal einen Kick. Minuten später begrüßt uns Egon, der Starfotograf am Auto und geleitet uns in sein modernes Atelier.

Der bekennend schwule Promifotograf schenkt uns noch ein Gläschen Champagner ein, bevor er mit seinem typischen Laufstil und seiner Art die Hände zu bewegen an seine High Tech Fotoanlage schreitet.

Mit einem Beamer wirft er wunderbare Landschaften, Städte und atemberaubende Schluchten an die Wand hinter uns.

Ohne uns zu den Posen aufzufordern, beginnt er fast unbemerkt mit den ersten Fotos, auf denen wir uns über belanglose Dinge unterhalten. Ich denke, dass er gerade diese Lockerheit bei uns erkannt und schon mal eine Grundlage für den weiteren Verlauf gelegt hat. Die im Schlepptau mitgereisten Familienmitglieder und Freunde gesellen sich langsam zu uns.

Dieses In-Pose-Stellen behagt mir gar nicht und so werden die Bilder später eine „leichte Strenge" in meinem Gesicht aufzeigen. Erinnerungen an Schulfotos lasse ich nur kurz hochkommen.

Die Freude des Anlasses überwiegt meinen leichten Zweifel und so lasse ich das strategische Fotografieren über mich ergehen. Mit unterschiedlichen „A" Lauten animiert uns Egon, noch mehr Glanz in unsere Gesichter zu bringen.

Nachdem der Vorgang nach mehreren Versuchen glückt, sind wohl alle Beteiligten froh, sich aus dem Mimik-Schneiden zu befreien. Minuten später verlässt der ganze Tross das Atelier und begibt sich wieder zum Veranstaltungsort im Grand Hotel. Diese Unter-brechung hat bei mir den Stimmungspegel leicht sinken lassen. Bevor wir uns wieder den Gästen widmen, laufen wir im angrenzenden Park noch ein paar Schritte. Allein, nur von leichtem Vogelgezwitscher begleitet, lasse ich mich mit meiner Frau im Arm wieder in Stimmung bringen. Die im Kreisbogen angebrachten Wege wirken wie ein Labyrinth in einer grünen Insel.

Nur genießend, ohne ein Wort zu sprechen verweilen wir einige Minuten in dem Genussgarten.

Ein entgegenkommendes kleines Mädchen schaut uns mit ihren großen Augen fragend an. Das Kleid von Anna bringt sie sicher mit einer Prinzessin in Verbindung. Und da muss ich der kleinen staunenden Göre auch Recht geben. Mit einem schnippischen Lächeln hüpft unsere kleine Bewunderin an uns vorbei. „So ein Mädchen wünsche ich mir einmal", kommt es spontan aus dem zauberhaft geschminkten Mund heraus. Ein Lächeln von mir als Antwort beschließt unseren kleinen Abstecher aus der Zweisamkeit.

Durch ein Spalier von festlich gekleideten Gästen betreten wir wieder den Festsaal. Bis wir unsere Plätze an der Stirnseite erreichen, werde ich noch mehrmals in Gespräche verwickelt.

Unter den besten Wünschen steckt man mir meist noch ein Kuvert in die Tasche. Auffallend sind die fröhlichen Gesichter, die ich in dieser Konzentration noch nie gesehen habe. Minuten später sitzen wir wieder auf unseren Plätzen.

Eine Prinzregententorte mit einem Kännchen Kaffee sind bereits serviert worden und so nehme ich diese angenehme Stärkung gerne auf. Händchenhaltend und leicht verschmust, kaum sprechend, verzehren wir genüsslich das schmackhafte Gedeck. Leicht nach vorne gebeugt trifft mich der Blick meiner Mutter Maria, als ich meinen Kopf leicht nach links drehe.

Mit dem Bewegen ihres Zeigefingers in meine und ihre Richtung kündigt sie mir ein kurzes Treffen an. Charlotte organisiert das umfangreiche „Rahmenprogramm" des heutigen Tages für uns.

Obwohl ich im Vorfeld unserer Hochzeit mehrmals gebeten habe, keine Spiele am Festabend darzubieten, suggeriert sie mir, dass Kollegen aus meiner Arbeit, Freundinnen aus der Turnabteilung von Anna und meine Cousine Karin durch kurze Auftritte den Abend bereichern

17

werden. Das nervige Thema, das mich früher sicherlich erzürnt hätte, lässt mich heute völlig kalt. „So kenne ich mich gar nicht", denke ich für mich und lasse den Themenkomplex wieder fallen.

Sofort bin ich wieder in der schönen reellen Welt angekommen und nehme weitere Glückwünsche von den etwas später eintreffenden Gästen entgegen. Lisa, Jutta und auch Marianne sehe ich mitten auf der Tanzfläche stehen. Mit allen drei hatte ich in meiner „Sturm und Drang-Zeit" intensive Beziehungen. „Sprechen sie über mich? Ja klar," antworte ich mir selbst, „ich bin mir nur unsicher, ob Lisa und Marianne erkennen, dass ich zwei Monate mit beiden gleichzeitig sehr eng befreundet war!" Mit einem „ist doch egal" beende ich meinen Gedankengang und frage noch einmal meine Mutter Maria, wie lange die von ihren angekündigten Vorführungen dauern.

„Keine Gruppe wird länger als 10 Minuten brauchen!" Diese Antwort passt mir. Mit einem leichten Schwingen der Hüfte signalisiere ich meiner Frau Anna den Wunsch eines Tanzes.

Ihre leuchtenden Augen nicken mir liebevoll zu und schon bewegen wir uns gekonnt auf dem Parkett. Die Tanzfläche ist mit mehreren Paaren gefüllt. Ich genieße diese Art mich zu zeigen.

Auch das versteckte Beobachten der tanzenden und sitzenden Hochzeitsgäste nehme ich positiv entgegen. Durch die leichten Drehungen beim Slow Fox und den engen Kontakt mit Anna bekommt meine emotionale Seite weitere Nahrung.

Das Halten ihrer wohlgeformten Hüfte, das Umschließen der zierlichen Hand und der direkte Kontakt mit ihrem makellosen Körper gibt mir die vollkommene Glückseligkeit. Ohne auf die Zeit zu achten, genießen wir noch länger auf dem Parkett unsere Zweisamkeit. Ein eindeutiger Geruch, der meine Nase erreicht, lässt uns wieder auf unsere Plätze gehen, um das viergängige Abendessen einzunehmen.

Eine Krebssuppe mit Cognac leicht abgeschmeckt und das Ganze in einem Teller aus Meisner Porzellan serviert gibt dem ersten Gang viel Glanz und lässt noch einiges für die weiteren Gänge erwarten. Filetstreifen in Blätterteig, schön übersichtlich auf dem mit goldenen Ornamenten bestückten Teller ergänzen die köstliche Suppe bestens. Der Hauptgang mit Entenbrust, gedünstet in Weißweinsoße und mit leicht süß sauren Orangenstreifen garniert, erfüllt voll meine Erwartungen und so lasse ich mir gegen alle meine sonstigen Gepflogenheiten eine kleine Menge nachreichen.

Neben meinem Gaumen werden auch meine Augen mehrmals fürstlich entlohnt, indem ich meinen Blick nach links zu Anna schweifen lasse.

Dieses Spiel mit den Augen gibt dem Essen noch einmal eine besondere Note. Untermalt wird das Festmahl von drei Geigenspielerinnen, die in mittelalterlichen Kostümen auf der Tanzfläche Weisen von Vivaldi gekonnt zum Besten geben.

Ihre Perücken, die farbenfrohen, glänzenden und prunkvollen Gewänder lassen mich in die Zeit des Komponisten abtauchen. Neuseeländische Zwetschgen in Eiswein eingelegt beschließen die nicht alltäglichen Verkostungen. Ein leichtes Drücken meiner Blase lässt mich der Tafel entrücken und die im Keller befindlichen

Toiletten aufsuchen. Selbst das Erleichtern meines körperlichen Flüssigkeitsvorrats erscheint mir heute bewusster als sonst.

Beim anschließenden Händetrocknen am „Star Mix" kommt mir mein Sportsfreund Leopold entgegen, der nach außen hin schon seinen überhöhten Alkoholkonsum zeigt. Das Hemd aus der Hose schauend, die Krawatte gelöst und schief an seinem Hals hängend umarmt er mich und wünscht mir noch einmal alles Gute.

Er spricht unsere wilden Zechtouren aus der Jugendzeit noch einmal an und erinnert mich an die rastlose Zeit. Dass er beim Weitererzählen den Blick weiter auf mich hält, behindert sein „Kerngeschäft" so sehr, dass er nicht immer das für den Fall vorgesehene Behältnis trifft. Minuten später verlasse ich die Toilette, ohne Leopold noch einmal die Hand zu geben.

Das Festmahl geht so langsam zu Ende und so sehe ich mehrere kleine Gruppen im Saal zusammenstehen. Bei fast allen bleibe ich stehen und lasse mich mit Komplimenten schmücken.

Meine Braut, das Essen und auch die Wahl der Lokalität werden in höchsten Tönen gelobt. Es tut mir gut, diese Schmeicheleien über mich ergehen zu lassen. Verwandte, die sich über einen langen Zeitraum nicht mehr getroffen haben, schwelgen in der Vergangenheit, neue Bekanntschaften entstehen und die große Tanten-Schar erkundigt sich über die neuen Gesichter, die in der nächsten Zeit wohl mehrmals zu sehen sein werden. Hier einen Schluck Wein, da ein Glas Bier und auch das eine oder andere Stamperl Schnaps erreichen meine Kehle. „So kann es weitergehen" denke ich für mich, als mir Klaus entgegenkommt. Klaus war mit Anna zwei Jahre zusammen gewesen und hätte sie vor Monaten nicht eine Autopanne gehabt, so wären die beiden wohl heute noch zusammen.

Leicht unsicher, ein bisschen verlegen kommt er auf mich zu und gratuliert mir zu meiner Frau. Ganz fair war es sicherlich nicht, denke ich für mich, als Klaus mir seine geheime Liebe zu Anna gesteht.

Ich hatte sie ihm regelrecht ausgespannt, ihm überhaupt keine Chance gelassen. Im weiteren Gespräch gesteht er mir, dass er wieder eine neue Beziehung aufgebaut hat, mit der er nur bedingt glücklich ist.

In dem zehn Minuten langen Monolog spricht er weiter sehr emotional über die schlimme Zeit nach der Trennung und die schönen Erinnerungen mit ihr.

Meine Schwiegermutter Bernadett hätte ihn auch lieber als Schwiegersohn gehabt als mich. Nach diesem Satz muss ich das Gespräch beenden.

Beim anschließenden Händedruck verspricht er mir ein ritterliches Verhalten uns gegenüber. Er hat beschlossen, sich beruflich zu verändern und seinen Wohnort nach Hamburg zu verlegen.

Anna muss uns schon eine geraume Zeit beobachtet haben, da sie mich kurze Zeit später auf unser Gespräch anspricht. Kurz und sachlich gebe ich ihr den Inhalt des Gesprächs weiter.

Durch diesen Zwischenfall ist meine großartige Stimmung verloren gegangen. Kurzerhand nehme ich Anna am Arm, schiebe sie vor mir her auf die Tanzfläche und beginne mit schnellen gekonnten Schritten den Beat Fox. Nach den ersten Drehungen geht es mir schon wieder viel besser und nach weiteren zwei Minuten singe ich laut mit dem Sänger der Band „32 –16 – 8 -, herrscht Konjunktur die ganze Nacht"!

Minuten lang vergnügen wir uns auf der Tanzfläche. Mein Blick lässt meine Frau nicht mehr los und durch das schnelle Drehen wirbelt sich unser Umfeld um uns herum. Mit einem festen Griff um ihre Hüfte gebe ich ihr ein sicheres Gefühl, um diese Drehungen heil zu überstehen. Gerade als die Stimmung auf dem Siedepunkt ist, höre ich Bernadett am Mikrofon der Band, wie sie die erste Darbietung ankündigt.

Ich könnte sie umbringen! Dieses "immer zur falschen Zeit das Heft in die Hand nehmen zu wollen" beherrscht sie perfekt.

Im Nu ist die Tanzfläche leer und die Freundinnen von Anne treten mit einem Stuhl und ein paar anderen Utensilien in die Mitte. Mit unterschiedlichen Kostümen lassen sie Annas Leben von der Geburt bis zum heutigen Tag mit unterschiedlichen Themen noch einmal Revue passieren.

Den Gästen gefällt es gut, mir weniger, denn ich hätte noch gerne die Stimmung weiter genossen. Im Abstand von zehn Minuten folgen noch die restlichen zwei Gruppen mit ihren Darbietungen.

Mit einem innerlichen „endlich" und einem lachenden Gesicht beteilige ich mich am nicht endenden Applaus. Ein beiläufiger Blick auf meine Uhr beunruhigt mich ruckartig. 23:45 Uhr steht mit großen Zahlen auf meiner Pilotenuhr. In der Ferne kann ich Bernadett erkennen, wie sie bereits Vorkehrungen trifft, um den wunderbaren Abend harmonisch zum Ende zu bringen. Die Band stimmt das

Evergreen (Elvis Version) „Muss i denn, Muss i denn zum Städtele, Muss i denn, Muss i denn zum Städtele hinaus" an, die Lichter werden langsam gelöscht und in der Mitte des Saals wird ein Tischfeuerwerk entzündet, das dem Rahmen entsprechend noch einmal zu einem Höhepunkt wird.

Zeitnah nehme ich Anna in den Arm und tanze ohne Musik inmitten unserer Gäste. Meine romantisch angehauchte Frau legt ihren Kopf auf meine Schulter und bereitet sich auf unseren gemeinsamen Abgang gegen Mitternacht vor. Liebevolle Worte erreichen mein Ohr und so genieße ich die letzten Minuten unserer Traumhochzeit. Langsam entzünden sich Kerzen und der immer noch festliche Saal erscheint noch einmal in seiner ganzen Pracht. Tanzend erreichen wir die Mitte, um uns herum versammeln sich alle Gäste und nähern sich im Takt langsam auf uns zu. Engelberts "Green, Green Grass of Home" passt sich genau unserem Stimmungspegel an. die bunten Lichter spiegeln sich farbenfroh in den Augen von Anna. Punkt 12 Uhr werden wir aus unserer Traumwelt gerissen, die grellen Lichter strahlen von der Decke und mit einem Rock 'n' Roll von den Stones werde ich aus meiner sentimentalen Stimmung herausgeholt.

Die Tür des Oldtimers ist schon weit aufgerissen, als ich mich mit Anna im Arm von allen Gästen verabschiede. Küsschen, Streicheleinheiten und innige Körperkontakte erschweren uns das nach-Hause-Gehen schon ein wenig. Minuten später sitzen wir in der Nobelkarosse und freuen uns auf unsere Zweisamkeit in unserer neuen Wohnung in der Seestraße.

Seestraße

Wilde Gedanken schwirren mir durch den Kopf, dass die lieben Freunde uns mit diversem Schabernack überraschen. Meine Sorgen sind unbegründet. Das Tragen meiner Frau über die Schwelle kostet meine letzten Kraftreserven, stimmt mich aber glücklich, da ich keine ausgerollten Toilettenrollen oder schaumähnliche Luftblasen entfernen muss.

Da steht sie vor mir! Meine Traumfrau, Anna, meine Vorstellung von der perfekten Frau. Unsere Blicke ziehen uns magisch an und so halten wir uns ganz zärtlich an beiden Händen.

Wie ferngesteuert streicheln meine Hände ihren makellosen Körper. Mein Blick fixiert weiter ihre Augen und so kann ich ihre Gefühle gut erkennen, wenn ich mit meinen Liebkosungen ihre erotischen Stellen streife. Sie schließt die Augen. nimmt den Kopf leicht zurück und lässt einen leisen, heftigen Atemzug folgen. Die knisternde Stimmung wird von mir jetzt in kürzeren Zyklen wahrgenommen.

Gleichzeitig öffnet Anna alle Knöpfe meines Hemds und der Hose.

Gekonnt kontrolliere ich mit meinen Händen ihren Atemrhythmus und verändere bei schwer zu öffnenden Knöpfen die Stellung meiner Hände an ihrem Körper. Mit jedem Knopf, der sich an meiner Hose öffnet, steigert sich das Verlangen nach ihr und obwohl ich meine

Zärtlichkeiten auf ihre ganz normalen Körperteile verlagere, verkürzt sich ihre Atmung immer schneller und schon erreicht mich der erste leichte Stöhn-Laut. Situationsbedingt unterstütze ich meine Frau beim Öffnen der letzten Knöpfe meiner Hose.

Begleitet durch mein heftiges Atmen, das ich auf Grund des erotischen Entkleidens meiner Frau erfahren habe, lasse ich die gebotene Sorgfalt bei ihr vermissen.

Durch das Beben und Knistern meines Körpers ziehe ich das mit schwarzen Spitzen besetzte Top und das dazu passenden Unterteil hastig von ihrem Körper. Der kurze heftige Atemrhythmus, den wir immer lauter und heftiger ausstoßen, lässt einen Wechsel ins Ehebett nicht mehr zu. Der weiße flauschige Teppich erscheint uns als die Ideallösung.

Das zärtliche Abtasten ihres Körpers, ihrer Hände und Beine durch die neugierigen Hände werden noch gesteigert durch mein Empfinden, als Anna mich mit ihrer Hand zärtlich liebkost.

Ein Läuten an der Tür lässt mich Stunden später aufwachen.

Am Rücken liegend erkenne ich halb auf mir meine Liebesgöttin. Der weiße Teppich inmitten der Diele war ein ideales Liebesnest, denke ich wohlwollend als es ein weiteres Mal an der Türe klingelt.

Schweren Herzens entscheide ich mich für die Variante Aufstehen, trage meine noch schlafend Frau ins Schlafzimmer, decke sie liebevoll zu und schreite nur mit einem Badetuch bekleidet an die Wohnungstür. Ein riesiger Blumenstock steht mir gegenüber. Hinter dem Topf schaut mir ein nicht bekannter Mann, Mitte 40 und mit einer

Nickelbrille auf der Nase, in die Augen. „Herzlichen Glückwunsch zu Ihrer Hochzeit, mein Name ist Mölders und ich bin Ihr Nachbar."

Er hat wohl die Situation richtig gedeutet, als er mich mit den Worten, „ich werde dann wohl wieder gehen", mit dem übergebenen Blumentopf allein im Treppenhaus stehen lässt.

Langsam zu mir kommend, nehme ich das Geschenk und gehe zurück in die Wohnung. Kurze Zeit später liege ich wieder im Bett bei meiner Frau.

Meine Finger können nicht von ihr ab und so kuscheln wir in eindeutiger Weise. Dem Komponisten des Boleros folgend umgarne ich Anna mit all meinem Charme und steigere meine Liebkosungen im Takt der immer schneller werdenden Musik.

Das mehrmals fordernde „bitte mach weiter so" bringt meinem Machogehhabe das passende Selbstvertrauen und tut mir verdammt gut.

Völlig ausgepumpt, überglücklich und mit einer besonderen Leichtigkeit liegen wir noch eine geraume Zeit eng umschlungen im Bett. Den Entschluss aufzustehen, fasse ich Minuten später und lasse meine liebeshungrige Ehefrau allein im Bett liegen. Mit den Gerätschaften der neuen Küche bringe ich mich gerade in Einklang und so bringe ich tatsächlich ein anschauliches Frühstück zustande.

Kaffee, frische Früchte ein Croissant, ein weichgekochtes Ei, Schinken, Tomaten, Pasteten, ein Glas Milch, Müsli und ein Strauß Blumen zieren mein überladenes Tablett, als ich mich mit ihm ins Schlafzimmer bewege. Allein das Lächeln von Anna reicht aus, um mich für Minuten wieder in eine

Hochstimmung zu versetzen. Das gemeinsame Frühstück im Bett wird von einem leichten Kribbeln begleitet und verleiht diesem Morgen ein besonderes Flair. „Die Zeit sollte jetzt einfach stehen bleiben" denke ich für mich und so versinke ich kurz in eine leichte Schlafphase, die durch ein leichtes Streicheln ihrer Hand auf meinem Rücken liebevoll beendet wird.

Unsere gegenseitige Zuneigung beenden wir gegen 12 Uhr mit dem gemeinsamen Duschen im Bad. Das gegenseitige Einseifen entfacht bei mir sofort wieder einen eindeutigen Gedanken, den wir unmittelbar in die Tat umsetzen. Anna lässt ihren Gefühlen freien Lauf und fordert nach meinen ersten Streicheleinheiten sehr rasch mehr und so sind wir in kürzester Zeit eng umschlungen.

Mit letzter Kraft setze ich Anna auf den Waschtisch. Die Höhe des sanitären Möbelstücks passt genau auf meine Körpergröße und so sind wir sofort voll bei der Sache.

Das rhythmische Bewegen meiner Hüfte, ihre prallgefüllten Brüste, die überproportionalen Brustknospen und ihr überglücklicher Gesichtsausdruck geben mir einen unerwarteten Kick, sodass ich meinen Höhepunkt so lange wie möglich hinauszögere.

Die physikalischen Gesetze besiegen nach einer geraumen Zeit jedoch meine Wunschvorstellung und so beenden wir unseren gemeinsamen Badaufenthalt voll entspannt und lassen den kalten Wasserstrahl mit voller Kraft auf unsere heißen Körper prallen.

Minuten später verlasse ich das Badezimmer und beginne mit dem Packen unserer Koffer. Anna verweilt noch länger im Bad und so kann ich mich körperlich wieder ein bisschen rehabilitieren. Shirts, Bermuda-Shorts und luftige

Sommerhemden, mehrere Tuben Sonnencreme und meine modische Sonnenbrille finden in meinem kleinen Handgepäckkoffer Platz.

Gedanklich bin ich schon auf der Insel und male mir in Gedanken unsere Flitterwochen an Traumstränden und unter Palmen aus.

Einsame Lagunen, smaragdgrünes Wasser, feiner weißer Strand, 35 Grad Wärme, ein leichter kühlender Wind von der Meerseite aus lassen mich weiter schwärmen. Ihr langes braunes Haar hat sie komplett nach oben gesteckt und so wirkt ihr Erscheinungsbild komplett neu.

„Du kannst machen, was du möchtest, dein Aussehen weckt in mir immer aufs Neue eine wiederkehrende Anziehungskraft."

Mit der Aussage treffe ich meinen Gedankengang und bringe Anna ihr Lächeln ins Gesicht zurück. Die zwei Stunden bis zum Flughafentransfer-Abholtermin überbrücken wir mit unterschiedlichen Blödeleien, bei denen wir abstruse Kleiderformationen vorführen. Pünktlich um 15 Uhr steht der Fahrer vor der Tür, um uns zum Flughafen zu bringen. Minuten später sitzen wir im Auto und so gehen wir mit großen Erwartungen unsere Traumreise an.

Keinem Menschen haben wir von unserer verrückten Idee erzählt und so haben wir ein leicht mulmiges Gefühl bei der Ankunft am Flughafen.

Nach einigen vertrauten Gesprächen einigen wir uns, zumindest unsere ahnungslosen Eltern mit der spontanen, aber langgeplanten Hochzeitsreise vor vollendete Tatsachen zu stellen. Im Ledersessel sitzend verfolge ich die Worte meiner Frau, die sich unwillkürlich auf eine längere Diskussion mit ihrer Mutter einlässt und so doch einige Kritik einstecken muss. Schnell lerne ich aus der Situation und verschicke lediglich eine SMS mit unseren Plänen an meine Eltern.

Da im vollbesetzten Flugzeug ein Telefonieren nicht möglich ist, habe ich zumindest in den nächsten acht Stunden noch etwas Ruhe vor einer mit Kritik behafteten Antwort. Leicht nachdenklich und übermüdet passieren wir die Kontrollen und nehmen im Boarding Room noch kurz Platz.

Wie ein großer Wurm bewegt sich wenig später die Menschenmenge durch das Gate 8 zum Flieger. Nach dem Verstauen des Handgepäcks über unseren Plätzen versinken wir in den bequemen Sitzen. Müde und mit vielen Erinnerungen an unsere Hochzeit lassen wir die Startvorbereitungen und Sicherheitsbestimmungen über uns ergehen.

Mit geschlossenen Augen erlebe ich die enorme Beschleunigung beim Start und das übergangslose Schweben in den wolkenfreien blauen Himmel. Ein Gong erlaubt mir Minuten später das Öffnen des Sicherheitsgurtes.

Wenig später trenne ich mich von meinen Schuhen, öffne meinen Bund und löse den zweiten Knopf am Kragen. Anna schmiegt sich mit ihrem Kopf an meine Schulter und so genießen wir die erste Flugstunde im Jet. Ein leichtes Klopfen auf meinen Arm und ein „darf ich Ihnen die Speisekarte reichen?" bringen mich sofort wieder in die Realität zurück.

Mit dem Strecken meines Körpers richte ich mich auf und nehme die Karte entgegen. Geflügel oder Fisch steht als

Angebot auf der mit großen Buchstaben farblich schön gestalteten Karte. Anna deutet mit ihrer zierlichen Hand auf den Fisch, ich entscheide mich für die Hähnchenbrust. Sehr zeitnah werden die Speisen gereicht. Als Getränke serviert man uns ein Glas Tomatensaft und eine kleine Flasche französischen Rotwein. Als ausgezeichnet empfinde ich mein Essen und genieße den passenden Rotwein.

Er ist es auch, der mir nun endlich die passende Bettschwere beifügt. Bevor die Stewardess das Tablett von meinem Tischchen nimmt, falle ich schon in den Schlaf. Die letzten Erlebnisse habe ich gar nicht verarbeiten können und so gestaltet sich meine Traumwelt sehr wirr. Der gestrige Abend kommt noch einmal bei mir vorbei und so erlebe ich meine Hochzeit zum zweiten Mal. Weitere Erlebnisse verwirren meine Traumwelt mit Szenen, die überhaupt keinen Zusammenhang mit dem eben geträumten haben.

Eine Stunde später, irgendwo über dem Mittelmeer, komme ich wieder zu mir. Ich erkenne Anna neben mir, die sich mit einem Buch den mehrstündigen Flug kurzweilig gestaltet.

Liebevoll küsst sie mich nach dem Erwachen und legt ihre Lektüre zur Seite.

„Wo sind wir? „Mit der Frage will ich mich wieder in die Realität zurückholen. „Irgendwo zwischen Himmel und Erde", höre ich meine Frau sprechen.

„Der war gut", sage ich zu ihr und nehme sie in den Arm, um sie zu drücken.

Lachend verbessert sie ihre Antwort und entgegnet mir, dass wohl die Fragestellung unpassend sei. Aus ihrer

Handtasche entnimmt Anna einen Prospekt und reicht ihn mir. Ein toller Sandstrand mit einem verträumten Häuschen in einer einsamen Bucht sticht mir sofort ins Auge.

Über der Traumanlage steht in geschwungener Schrift: Lazieme Terme! Anna war es, die sich vehement für diesen Urlaubsort interessiert hatte. Mir war es egal, wo wir unsere Hochzeitsreise verbringen.

Für mich ist die Auswahl des Partners wichtiger als die des Urlaubsziels. Und mit Anna habe ich wohl das beste Los gezogen.

Allein dieser Gedanke bringt meine langsame Lethargie zum Stehen und ab sofort ist wieder Party angesagt. Auf dem Monitor sehe ich den Vermerk, dass wir noch eine Stunde benötigen, bis wir unseren Zielflughafen in Süditalien erreichen. Rechts neben mir sitzt eine Frau, zwischen 60 und 70 Jahre alt und mit viel Schmuck behangen.

Sie erinnert mich an meine Mutter, da sie beim Halten einer Tasse immer ihren kleinen Finger weit nach außen streckt. Frech spreche ich sie an und erkundige mich nach dem Grund ihres Verhaltens.

Leicht verschmitzt antwortet sie mir, dass sie vor vielen Jahren in die große Gesellschaft eingeführt wurde und keine Ahnung von deren Verhaltensweisen hatte, so beobachtete sie Menschen in ihrem Umfeld, um nicht aufzufallen.

Eine von ihr beobachtete ältere Frau streckte ihren kleinen Finger weit nach außen. Für sie war klar, dass dieses Verhalten wohl zur feinen Gesellschaft gehöre. Jahre später erkannte sie ihre Fehleinschätzung, änderte aber ihr

31

Verhalten nicht, da sie dieses Erlebnis als einzigartig einstufte.

Mit weiteren Gesprächen kommen wir uns etwas näher und so werden wir durch die Ansage der Lufthansa Stewardess gestört.

„Bitte schnallen sie sich an, wir befinden uns im Landeanflug. Die Temperatur liegt bei 36 Grad, wir haben leichten Wind."

Die gute Stimmung der Passagiere wird durch diese Aussage noch einmal bestätigt. Der Blick durch das Fenster bestätigt die Durchsage und so schweben wir unserer Glückseligkeit entgegen. Trotz zwei, drei Schlägen beim Aufsetzen wird die Landung von den meisten Passagieren laut beklatscht.

Einige Minuten vergehen noch, bis wir mit unserer Maschine zum vorgesehenen Standplatz rollen. Leichte Hektik macht sich breit, als viele Mitreisende zeitgleich ihren Sicherheitsgurt lösen, aufstehen und schnellstens ihr Handgepäck aus den über den Köpfen platzierten Boxen holen.

Uns lässt das kalt. Entspannt bleiben wir sitzen und erst als es ruhiger wird holen wir unsere Sachen. Kurze Zeit später verlassen wir über eine steile, fahrbare Treppe den Flieger. Beim Herunterschreiten schlägt uns die heiße Luft voll ins Gesicht. Schnell retten wir uns in den bereitgestellten Bus, der mit seiner Klimaanlage das ganze schon wieder erträglicher gestaltet.

Die Abfertigung beim Zoll und an der Gepäckausgabe geht zügig voran und so sind wir schon im Zubringerbus, der Anna und mich auf unsere Traumanlage bringt. 20 Minuten später sind wir am Ziel und können es gar nicht erwarten, in vertrauter Zweisamkeit unser Haus zu inspizieren. „Mein großer Traum ist tatsächlich wahr geworden", höre ich Anna gedankenversunken sprechen. Ohne ein Wort zu sagen, bestätigt meine Gefühlswelt Annas Worte. Die große Terrasse ist auf einer Klippe platziert, die uns nur das weite Meer und den nicht endenden Horizont zur Aussicht anbietet.

Wie ein Feuerball setzt sich die leicht rot gefärbte Sonne auf das ruhige Meer und zeigt uns ein einzigartiges, atemberaubendes Ansichtskartenpanorama.

„Gut inszeniert", flüstere ich Anna leise ins Ohr und lasse mich noch Minuten mit ihr von dem Sonnenuntergang berauschen.

Die Dunkelheit bricht rasch herein und so wirken die vielen Fackeln an den Wegen romantisch auf uns. Der gestrige Tag, die darauffolgende Nacht und die heutigen Reisestrapazen lassen und gemeinsam schnell müde werden, und so können wir die ganzen leckeren Sachen am Buffet an dem Abend nicht mehr genießen. Unsere Zuneigung wird in dieser Nacht von der Müdigkeit besiegt und so wachen wir am nächsten Tag richtig ausgeschlafen auf.

Ein Klippenspaziergang vor dem Frühstück mit der aufgehenden Sonne bringt uns sofort wieder in Stimmung und so bummeln wir verliebt an das reichhaltige Frühstücksbuffet.

Die Leckereien werden von uns genüsslich verspeist und wir verlassen gestärkt den Ort der genüsslichen und reichhaltigen Nahrungsaufnahme.

Nach zwei Stunden haben wir alles Wichtige erkundet und so liegen wir verträumt auf unserem Bett. Meine Finger finden schnell ihr Ziel und so sind wir in kürzester Zeit wieder voll bei der Sache. „Die Zeit sollte jetzt einfach stehen bleiben, flüstert mir Anna nach unserem schnellen Akt liebevoll ins Ohr. Gerne nehme ich den Gedanken auf und biete ihr meine Liebesdienste nach jedem Essen an. Surfen im Meer, massieren im Whirlpool, sonnen unter Palmen und Jet Ski fahren lassen uns dem Himmel sehr nahe sein.

Das gemeinsame „intime Arbeiten" nach jedem Essen wird bei diesem Urlaub zur festen Einrichtung und lässt so unsere Fantasien weit schweben. Die wunderbaren Tage in Süditalien vergehen wie im Fluge und so kündigt sich schon langsam das Ende an.

Mit einer super Stimmung, einem völlig freien Kopf und gut erholt landen wir Tage später in Deutschland und treten wieder in den Alltag ein.

Beim Eintreffen können wir unsere Hochzeit noch einmal langsam vorbeilaufen lassen. Die vielen Karten mit den netten Wünschen, die kleinen Geschenke, die üppigen Geldpräsente und ein riesiges Fotoalbum, das meine Mutter in unserer Abwesenheit in die Wohnung gelegt hat. Dieses Durchstreifen der Bilder lässt uns den Tag noch einmal gegenwärtig werden.

Die Schnappschüsse dokumentieren nur lachende Gesichter, angeregte Diskussionen, festlich gekleidete Bekannte, die sich alle von ihrer besten Seite zeigen. Den völlig überfüllten Anrufbeantworter ignoriere ich heute noch, da ich mich nur langsam in das Berufsleben zurückmelden möchte.

Das Leeren des Briefkastens und das Aufräumen der Koffer gehören heute zu den einzigen Aufgaben, die von mir noch verrichtet werden. Das erste Übernachten in unserem Bett genießen wir beide mit einem zehnstündigen Schlaf.

Der Kalender an der Wand zeigt den 12. August und so haben wir noch zwei Tage frei, bis wir wieder mit der Arbeit beginnen. Unsere Wohnung liegt im zweiten Stock eines Neubaus mit sieben weiteren Parteien. Das architektonisch anspruchsvolle und ansprechende Gebäude befindet sich in der Seestraße 47.

Wir haben die Wohngegend bewusst ausgewählt, da es in dem Viertel eine Vielzahl von schönen Eckkneipen, guten Restaurants, ein großes Ärztehaus und mehrere kleine Budiken gibt. Ergänzt wird die großartige Lage noch von der guten Verkehrsanbindung. U-Bahn- und S-Bahnhaltestellen sind mit ein paar Schritten gut zu erreichen.

Nach dem Duschen verlassen wir unser neues Domizil und setzen uns an einen freien Tisch des Straßencafés schräg gegenüber. Die Herbstsonne hat noch genug Kraft, um uns beim Frühstücken so zu erwärmen, dass wir es über zwei Stunden aushalten.

Einige Nachbarn hatten wohl die gleiche Idee und so kommen wir mit einigen schnell ins Gespräch. „Die scheinen doch alle sehr normal zu sein" vertraut mir Anna nach den ersten Gesprächen an. Wir lassen uns noch in die Geheimnisse des Viertels einweihen und sparen somit ein langes Suchen nach den schönen Ecken in unserer Straße. Schon etwas vertrauter verlassen wir das Straßencafé in der Wiener Straße und schlendern Hand in Hand durch einige Seitengassen, die den modernen Häusern ideal als Kontrastprogramm dienen.

35

Wiener Straße

Unsere Gespräche handeln von den nächsten Tagen. Wie kommen wir am besten zur Arbeit? Fahren wir mit den Öffentlichen?

Fahre ich mit dem Auto?

Braucht Anna einen Zweitwagen?

Schließen wir uns einem Sportverein an?

Nehmen wir uns ein Theater Abo?

Angeregt plaudern wir, spielen einige Möglichkeiten durch, begeistern uns für etwas, um es Minuten später wieder zu verwerfen.

Unterbrochen wird unsere Findungsphase nur durch gelegentliche Stopps an markanten Stellen. Ein kleiner rauschender Bach kreuzt unseren Weg. Spontan zieht sich Anna die Schuhe aus und setzt sich an die Uferböschung, um ihre Füße in dem kalten Nass zu erfrischen. Nach kurzer Überwindung geselle ich mich zu ihr und so erfahren wir zusammen erfrischende Momente.

Auch hier diskutieren wir weiter und so langsam haben wir uns schon eine gute Meinung über unsere neue Umgebung gebildet.

Die Sonne spiegelt sich wunderbar im welligen Wasserlauf und die leicht aufbrausende Gischt strahlt in allen möglichen Farben.

Minuten später setzen wir unsere Entdeckungsreise fort, indem wir dem Bachlauf folgen. Nach dem Überqueren von zwei Straßen gelangen wir in einen kleinen Park, der mit seinen gepflegten Kieswegen ein Weiterlaufen regelrecht fordert.

Mehrere Bänke säumen die Anlage und so bietet sich ein Sitzen auf einer dieser Sitzgelegenheiten an. Vor der Bank ist der Bach leicht angestaut. In der Mitte befindet sich ein kleiner Springbrunnen, der einen dünnen klaren Strahl nach oben spritzt.

Der Wind treibt den zerstäubten Strahl leicht in unsere Richtung und so erreicht die Erfrischung unsere warmen Gesichtspartien. Wohlwollend genießen wir die unerwartete Abkühlung.

Nach der Meinungsfindung über einen geeigneten Sportverein verlassen wir die Parkbank und setzen unseren Spaziergang fort. Shopping, Eis essen und noch ein Besuch im angrenzenden Zoo beenden den heutigen Tag und so kommen wir mit vielen Eindrücken, aber völlig übermüdet zurück.

Zu Hause lassen wir den Tag noch einmal Revue passieren. Der nächste Tag bringt bei mir eine gewisse Nüchternheit zurück.

Die Vorbereitungen auf meinen Job, der mir ab morgen wieder alles abverlangen wird, einige Behördengänge, um unsere Anmeldungen zu tätigen und das Auskundschaften der nächstgelegenen Tankstelle stehen an und auch der richtige Supermarkt muss noch gefunden werden. Leicht angespannt sitze ich am Vorabend auf unserer neuen Couch und halte Annas Kopf in meinen Händen. Mit leichten Bewegungen streife ich ihr mit meiner Hand durchs Haar und versinke in eine melancholische Stimmung. Eine CD von Donovan bekräftigt meine Stimmung und so gleite ich ganz langsam in einen kurzen

Schlaf, der mir noch einmal die letzten, besonders schönen und kurzweiligen Tage im Traum vorbeiziehen lässt. Ein starkes Kribbeln im Arm macht sich schnell breit und so komme ich wieder zu mir und versuche meine Hand mit mehrmaligem Schütteln wieder zur Blutzufuhr zu animieren.

Durch das ruckartige Schlagen meiner rechten Hand erwacht meine Frau in meinem Arm und schaut mich verwundert an.

„Es ist nichts passiert" entgegne ich ihren Blick und so liegen wir noch eine Weile zusammen. Der Tag war doch anstrengender, als ich gedacht hatte, und so ist meine Aktivität auf null heruntergefahren. Das Abendbrot wird flüchtig genommen und auch der Aufenthalt im Bad ist schnell beendet.

Minuten später liegen wir im Bett und der Wunsch nach Zärtlichkeiten ist heute nicht gegeben. Nach dem eher flüchtigen Küsschen versinke ich schnell in den Schlaf. Im Laufe der Nacht wecken mich leichte innerliche Themen.

„Wie wird es nach drei Wochen Urlaub auf meinem Schreibtisch aussehen?

Konnten die von mir eingefädelten Geschäfte gut zum Abschluss gebracht werden?

Ist meine beantragte Gehaltserhöhung wohlwollend behandelt worden?"

Keine großen Themen, aber sie reichen aus, mich, um den Schlaf zu bringen. An ein festes Einschlafen ist in der Nacht nicht mehr zu denken und so sinniere ich bis in die frühen Morgenstunden weiter. Das Klingeln des Weckers war schon überfällig, als ich mich zeitnah aus dem Bett aufmache, um den heutigen Tag zu bestreiten. Zwei Tassen

Kaffee und je ein Honigbrot stehen auf dem Esstisch als Anna sich zu mir gesellt. Anna ist Grundschullehrerin und hat noch eine weitere Woche Sommerferien. Im Bademantel und die Haare hochgesteckt sitzt sie mir gegenüber und unterhält mich mit Gesprächen über ihren heutigen Tagesablauf.

Als ich mich gegen 8 Uhr von ihr verabschiede, fragt sie mich ganz frech: „Kennst du deine neue Adresse?"

Lessing Straße

Leicht überrascht antworte ich ihr nach einer geraumen Zeit des Nachdenkens mit: „Na klar, Lessingstr. 13!" Über das Treppenhaus gelange ich auf den Fußweg, der mich an die Haltestelle Nordbahnhof bringt.

Mehrere Menschen warten bereits auf die Straßenbahn, als ich zum Stehen komme. Schüler, Rentner, Studenten und einige Angestellte im edlen Zwirn geben ein buntes Bild ab. In Gedanken versunken steige ich mit den Wartenden ein und setzte mich auf den leicht erhöhten Einzelplatz an der Tür.

Über den Opernplatz, die Museumsstraße und die Theaterstraße kommen wir zur Haltestelle Berliner Straße. Jetzt sind es nur noch ein paar Meter zur Wiener Straße, wo mein Arbeitgeber, die Sparkasse mit ihrem Prunkbau, imposant vor einer Parkanlage steht.

Beim Betreten der großen Drehtür kommt mir schon ein aufmunterndes „Hallo mein frisch Vermählter" entgegen. Sieglinde, unsere Empfangsdame, die ich schon seit Jahren durch ihre fröhliche Art schätzen gelernt habe, nimmt mich sofort in den Arm, drückt mich und setzt mir auch noch einen Kuss auf meine Wange. Die 57-jährige ist ein Kölsches Mädchen und der gute Geist unseres Geldinstituts.

Über den Lift gelange ich Minuten später in den dritten Stock, in dem sich mein Büro befindet. Nach dem Aufsperren und dem anschließenden Lüften erkenne ich drei große Stapel auf meinem Schreibtisch. Den analogen Haufen mit Arbeit übersehe ich bewusst und gehe an meinen PC, um die zu erwartende Flut von E-Mails zu sichten.

Die mit rot gekennzeichneten Themen überfluten meinen Bildschirm und so ist nach kürzester Zeit der Erholungseffekt wie weggeblasen. Stichprobenartig öffne ich elektronische Post und verschaffe mir so einen kleinen Überblick über die vergangenen Wochen. Inmitten meiner Findungsphase tritt Ferdinand, mein Gruppenleiter, ins Büro und grüßt mich herzlich.

Nach einem kurzen Gespräch, in dem ich ihm die Höhepunkte unserer Hochzeitsreise schildere, kommt er schnell auf einen speziellen Vorgang, der sich kurz vor meiner Hochzeit zugetragen hatte.

Die Baufinanzierung für die Familie Eberwein warf bei der Überprüfung der Revisoren einige Fragen auf. Die Eberweins bekamen von mir ein Darlehen über 80.000 €. Da beide Eltern berufstätig waren und ein Gegenwert von 40.000 € vorhanden war, gab es für mich keinen Grund, ihnen das Darlehen nicht zu geben.

Mit „das war vor vier Wochen noch so", unterbrach mich Ferdinand und schildert mir die neue Sachlage. „Beiden

Eberweins wurde durch die plötzliche Insolvenz bei Karstadt sofort gekündigt. Dir muss doch klar gewesen sein, dass Karstadt über kurz oder lang diese Filiale wohl schließen wird!"

Die Melodie seines Vortrags bringt mich schnell ins Berufsleben zurück. Ohne dass ich auch nur ein Wort zu meiner Verteidigung sagen kann, lässt er mich stehen und geht in sein Büro zurück.

Einem tiefen Durchschnaufen folgt ein verwundertes Nachdenken. „War das der Ferdinand, den ich seit Jahren kenne und mit dem ich schon so viele Schlachten geschlagen habe?"

Mit einem „na klar wer denn sonst" komme ich zu meiner inneren Ruhe zurück. Bevor ich meine E-Mail-Aufarbeitung weiter fortsetze, lasse ich mir die kompletten Unterlagen der Familie Eberwein kommen. Die ganzen Gesprächsprotokolle gehe ich noch einmal aufmerksam durch, um mir meine Strategie für das weitere Vorgehen zu Recht zu legen.

Auch dieses Mal kann ich nichts erkennen, das auf ein Fehlverhalten meinerseits hinweisen würde. Innerlich gefestigt schließe ich den Themenkomplex ab und gehe zum Berufsalltag über.

Das Aufarbeiten der liegengebliebenen Post dauert noch den ganzen Tag.

Neben einigen Telefonaten beschäftigt mich der Vorgang Eberwein weiter. Außer dem korrekten Abwickeln des Darlehensvertrags meinerseits beschäftigt mich auch noch die menschliche Komponente, dass langjährige Kunden plötzlich als Risikofaktoren angesehen werden. Zufrieden mit dem heute Erreichten, verlasse ich gegen 18 Uhr das

41

Büro als einer der letzten. Um den Tag noch einmal verarbeiten zu können, gehe ich den ganzen Nachhauseweg zu Fuß.

Der heutige Auftritt von Ferdinand lässt mich nicht zur Ruhe kommen.

Neben dem fachlichen Thema, das von meiner Seite sauber durchgeführt worden ist, stört mich seine Art und die Darbietung seiner Rüge mir gegenüber. Wie einen Lehrjungen hat er mich behandelt. Auch dieses "Einfach-Stehen-Lassen" hat er noch nie mit mir gemacht. Warum hat er in den drei Wochen seine Menschlichkeit verloren? Hat man ihm die Leitung des Geldinstituts angeboten? Hat meine Hochzeit mit Anna etwas damit zu tun? Mit diesen Themen im Kopf schlendere ich weiter durch den warmen Spätsommerabend.

Nur langsam kann ich die Geschäfte und Lokale der von mir durchlaufenen Straßen wahrnehmen. Nach einer halben Stunde biege ich in die Lessingstraße ein. Soll ich Anna von dem heutigen Auftritt Ferdinands erzählen? Ohne eine Entscheidung getroffen zu haben, sperre ich die Tür auf und werde von gut riechenden Düften aus der Küche empfangen.

Durch das Blasen der Dunstabzugshaube konnte sie mich beim Betreten der Wohnung nicht hören und so kann ich ihr beim Zubereiten des Abendessens ungestört zusehen. Voll konzentriert und mit viel Liebe setzt sie die Speisen auf die optisch auffallend dekorierten Teller.

Mit „du Schuft", kommt ihre Begrüßung, nachdem sie mich bemerkt hat, spontan und unvorhergesehen an mein Ohr. Liebevoll nehme ich sie in den Arm und genieße ihre Nähe. Die Mehlflecken auf meinem Jackett können meine positive Stimmung nicht kippen. Fast zeitgleich sitzen wir am Tisch und nehmen das Abendessen ein. Ohne Überlegung und angespornt von der lockeren Stimmung erzähle ich Anna von dem heutigen Auftritt meines Gruppenleiters.

Ferdinand ist meiner Frau gut bekannt und so diskutieren wir noch eine geraume Zeit über den heutigen Vorfall. Das Gespräch tut mir gut und je länger unser Dialog geht, desto besser fühle ich mich.

Eine Stunde später ist das Thema aufgearbeitet und so kann ich den Abend mit meiner Frau ganz zwanglos genießen. Das Glas Rotwein und die würfelgroß geschnittenen Käsestückchen lassen uns noch über weitere Themen sprechen, bevor wir gegen 23 Uhr ins Bett gehen. Gut vorbereitet und selbstbewusst sitze ich am nächsten Tag gegen 8:30 Uhr an meinem Schreibtisch.

Mit etwas gemischten Gefühlen gehe ich zu der turnusmäßigen wöchentlichen Besprechung unserer Abteilung. Ferdinand sitzt bereits an der Stirnseite des Tisches, als ich mit zwei Kollegen und drei Kolleginnen den Besprechungsraum betrete.

Nach einer kurzen Begrüßung geben alle Kreditsachbearbeiter einen Querschnitt ihrer Arbeit der letzten zwei Wochen ab.

Durch meinen Urlaub bin ich bei der Veranstaltung heute nur Zuhörer.

Wie ich aus den Formulierungen meiner Kollegen und Kolleginnen erkennen kann, hat es nicht nur mich mit vermeintlich großzügigen Krediten erwischt. Alle haben unter der Insolvenz von Karstadt zu leiden. Etwas weniger emotional, aber im Kern genauso entschlossen faltet

43

Ferdinand jede Sachbearbeiterin und jeden Sachbearbeiter zusammen.

Alle geben sich genauso überrascht wie ich gestern und versuchen, sich in unterschiedlichen Abwehrstellungen zu verteidigen.

Ferdinand verliert im Lauf der jetzt regen Diskussion immer mehr seine Linie. Suchte er früher nach einer Problemlösung, so geht es ihm jetzt mehr um das Finden eines Schuldigen.

Die Kritik, die im Kern nicht mehr das eigentliche Thema beinhaltet, streut er bewusst auf uns. Fachlich daneben lenkt er immer mehr von der Kreditvergabe ab und lässt kein gutes Haar an uns. Wenig später geht er grußlos zurück und verlässt den Sitzungssaal in gebückter Haltung. Wir schauen uns alle überrascht an und versuchen Ferdinands Auftritt zu verstehen. Keiner von uns kann sich einen Reim darauf machen.

Leicht verunsichert und noch und leicht geschockt verlassen wir wenig später den Raum. Nach einigen kurzen Gesprächen mit den Kollegen sitze ich gegen 10 Uhr 30 wieder an meinem Schreibtisch.

Mein Terminkalender lenkt den weiteren Tag. 11 Uhr: Familie Rösch, Kreditvergabe über 80.000€, Renovierung des geerbten Elternhauses, Badstraße.

Bad Straße

Der Termin ist mit einem großen „B" gekennzeichnet. „B" bedeutet Bürotermin, „A" bedeutet Außendiensttermin.

Neben dem Vormittagstermin steht noch ein „A"-Termin in der Turmstraße um 16 Uhr an. Noch in Gedanken versunken höre ich ein Klopfen an der Bürotür. Sandra, unsere Auszubildende, steht in ihr und stellt mir die Familie Rösch vor.

Das Ehepaar Rösch hat den zweijährigen Sohn Emil dabei, der noch schlafend im Arm seines Vaters liegt. Nach der Begrüßung und dem Einführungsgespräch stelle ich gezielt Fragen nach dem Arbeitsverhältnis der Beiden. Erleichtert kann ich mich dann dem eigentlichen Gespräch über das Darlehen widmen.

Keiner der beiden Eheleute Rösch ist bei Karstadt beschäftigt und so kann ich mich langsam meiner Art der Gesprächsführung nähern, mit der ich schon mehr als 1000 Kredite vergeben konnte.

Nach der Prüfung der Sicherheiten, dem Einsehen der Gehaltszettel und der positiven Prognose, die sich auf Grund des ausgefüllten Fragebogens unseres Geldinstitutes ergeben hat, überreiche ich zur Freude der Familie Rösch den Kreditvertrag. Nach den Formalitäten verabschiede ich mich von den Dreien und gebe den Vorgang weiter, damit dieser auch bald umgesetzt werden kann.

Der Blick auf die Uhr und mein Magen veranlassen mich, den Weg in die Kantine anzutreten.

Dort sehe ich schon meine Mitstreiter heftig am Esstisch diskutieren.

Das Thema ist klar: unser heutiges Gespräch mit Ferdinand. Sehr emotional und durcheinander verläuft das Stimmengewirr und so nehme ich neben Isa am Tisch Platz. Meine Kollegen durchlaufen denselben Prozess, der

45

mich gestern bis in die Nacht so belastet hat. In der heftigen Diskussion richten sich alle Vorwürfe gegen Ferdinand, unseren Gruppenleiter, da er uns immer angestiftet hatte, auch Kredite zu vergeben, die man nicht unbedingt als sicher einstufen konnte. Und jetzt das!! Ich komme in der Runde gar nicht zum Sprechen, da sich alle ihrer Meinung entledigen.

So kann ich meinen schmackhaften Fisch in aller Ruhe verzehren und den Äußerungen meiner Kollegen zuhören. Ich hätte mich heute gerne über unsere Hochzeitsreise ausfragen lassen, aber der aktuelle Anlass verhindert dieses brisante Thema und so muss ich es wohl auf einen anderen Termin verschieben.

Die Mittagspause ist heute viel zu kurz und so wird selbst noch beim Verlassen der Kantine das Thema weiter lebhaft diskutiert.

In den nächsten Stunden arbeite ich meinen Stapel mit aufgestauter Post weiter ab. Nach der langen Pause macht mir die Arbeit wieder richtig Spaß. Zugegeben, es sind keine großen Problemfälle in der Post und so sieht mein Schreibtisch nach 3 Stunden schon viel geordneter aus. Bevor ich meinen 16 Uhr-Termin in der Turmstraße wahrnehme, trinke ich noch eine Tasse Kaffee. Meine Gedanken hüpfen zwischen den Vorkommnissen in der Bank und den Urlaubserinnerungen hin und her. Die Urlaubsstimmung so ruhig, erholsam und positiv emotional.

Der Arbeitsalltag hektisch zerstritten und demotivierend. Zwischen den zwei Extremen versuche ich mich auf meinen 16 Uhr-Termin vorzubereiten. Die Akte aufgeschlagen, die Tasse in der Hand verfolgen meine

Augen die mit einem blauen Marker gekennzeichneten Stellen im Text. Mit dem letzten Schluck klappe ich den Vorgang zu und gehe anschließend in die Tiefgarage, um wenig später mit dem Geschäftswagen meinen Kunden zu besuchen.

Nach kurzer Zeit biege ich in die Münchner Straße ein. Mit der grünen Welle komme ich schnell voran und so fahre ich zügig durch den Tunnel vom Westbahnhof. Minuten später hat es mich erwischt. Ecke Neue Straße-Hafenstraße stehe ich in einer nicht endenden Schlange. Nur langsam geht es weiter.

Nervös schaue ich auf meine neue Uhr und hoffe, den vereinbarten Termin noch pünktlich zu erreichen. Das Elektrizitätswerk lasse ich im Schritttempo auf der rechten Seite an mir vorbeistreichen. 15:35 Uhr steht in fester Digitalschrift auf meinem Zifferblatt, als ich endlich in die Seestraße einbiegen kann.

Über die Poststraße gelange ich zügig zur Elisenstraße. Hier bremst mich die rote Ampel abermals aus. Stehend in der Autoschlange klopfe ich nervös mit meinen Fingern auf das mit weichem Leder umwickelte Lenkrad.

Um ein Haar hätte ich es geschafft, die Ampel bei grün zu überqueren.

„Scheiße", mit dem Ausdruck hadere ich mit meinem Schicksal und muss ein weiteres Mal stehen bleiben. Mit pfeifenden Reifen lege ich bei grün einen Blitzstart hin, der mich sehr schnell zur nächsten Ampel bringt. Nur das rote Signal versperrt mir wieder meinen Weg in die Turmstraße. Von der Chausseestraße zweige ich in Richtung Südbahnhof ab. Schnell setzte ich den Blinker und fahre jetzt kontrolliert in das Parkhaus am Südbahnhof. Um

15:52 Uhr steht mein Wagen vorschriftsmäßig in der Parklücke und so kann ich den letzten Weg zu Fuß fortsetzen.

Über eine Rolltreppe gelange ich auf den Bahnhofsvorplatz.

Nach dem Überqueren der Fußgängerampel in Richtung Turmstraße sind es nur noch einige Meter zu meinem Zielobjekt.

In dem modernen Geschäftshauskomplex erkenne ich auf der Klingelleiste den Namen Holgersson. Nach dem Drücken der Taste werde ich fast zeitgleich über die Sprechanlage höflich angesprochen. Schon stehe ich im Lift und drücke die Nummer 8, um in das Büro der Holgersson GmbH zu gelangen.

Der komplette Vorgang läuft im Schnelldurchgang noch einmal an mir vorbei. Holgersson betreibt eine kleine Werbeagentur.

Mit vielen kleinen Aufträgen für die Klein- und Mittelständler hat er sich einen guten Ruf erworben. Den steigenden Aufträgen kann er nur gerecht werden, wenn er expandiert und sich so die Möglichkeit schafft, alle Aufträge umzusetzen.

Sein Problem ist der geringe finanzielle Stock, der es ihm nicht erlaubt, seine Vorstellungen in die Realität umzusetzen.

Mein Problem ist, dass mir das bekannt ist. Vor meinem Urlaub wäre die Chance von Holgersson viel größer gewesen als heute.

Durch die Vorhaltungen von Ferdinand wird mir heute kein großer Spielraum bleiben. Ich habe den Gedanken noch nicht fertig gedacht, als ich an der Türe des Lifts

48

herzlich von einer Mitarbeiterin begrüßt werde: „Guten Tag Herr Rivaldo, herzlich willkommen in den bescheidenen Räumen der Holgersson GmbH". Dem ganzen setzt unsere Ansprechpartnerin noch ein charmantes Lächeln auf.

Sie lässt mich noch ein paar Minuten in einem weichen Sessel verweilen, bis ihr Chef mit entgegengehaltener Hand auf mich zukommt.

Gerade rechtzeitig kann ich aus dem tiefen Sitz nach oben kommen und den Gruß erwidern. Nach ein paar Höflichkeitsfloskeln gehen wir in sein Büro und lassen uns eine Tasse Kaffee servieren.

Der eigentliche Themenschwerpunkt wird bei unserem Gespräch noch weiter nach hinten geschoben, da wir uns mit dem Thema Politik noch eine geraume Zeit auseinandersetzen.

Schnell erkennen wir, dass wir beide die gleiche politische Farbe favorisieren.

Es ist bereits 16:35 Uhr, als ich Herrn Holgersson so langsam zum eigentlichen Thema lenke. Mit einem tiefen Schnaufen verändert er die lockere Unterhaltung seinerseits, indem er nicht mehr so flüssig formuliert und auch mit seinen Händen seinen Ausführungen immer mehr Nachdruck verleiht.

Ich lasse ihn sprechen und greife bewusst nicht ein, als er eine kurze Zeit verweilt, um wenig später seinen Monolog fortzusetzen.

Trotz einiger Anläufe nennt er seine Vorstellungen nicht konkret. Die im Vorfeld von mir durchgeführte Recherche hat ergeben, dass die Sparkasse Herrn Holgersson maximal 300.000 Euro anbieten kann. Jetzt steige ich in das

Gespräch ein und nehme das Heft in die Hand. „Welchen Betrag haben Sie sich vorgestellt, Herr Holgersson?" Schweigen.

Nach einer kurzen Pause wiederhole ich meine Frage. Ein leises „500.000 €" bringt er heraus und schaut mir zur gleichen Zeit sehr treuherzig in die Augen. Ohne dass ich ein Wort sprechen muss, erkennt er in meinem Blick die Ablehnung seiner Forderung. „300.000€ kann ich Ihnen geben, mehr nicht".

Schweigen. Selbst das Angebot einer Erbschaft, die auf Grund des hohen Alters seines Onkels unmittelbar bevorsteht, kann mich nicht von meiner Ablehnung abbringen.

Die Situation hat jetzt eine Stimmungslage erreicht, die keinem von uns guttut. Nach dem Schließen meiner Tasche gehe ich ihm drei Schritte entgegen, schüttele ihm die Hand und verbleibe mit dem Satz, „Herr Holgersson, ich rufe Sie morgen Mittag zurück!" Minuten später bin ich wieder auf der belebten Chaussee Straße und trete meinen Weg ins Büro an.

Chaussee Straße

Gegen 18 Uhr stelle ich den Geschäftswagen in der Tiefgarage der Sparkasse ab und gehe an die Straßenbahnhaltestelle, um nach Hause zu gelangen. Dort angekommen bin ich gedanklich immer noch in meinem letzten Gesprächstermin gefangen. Die Begrüßung von Anna nehme ich flüchtig entgegen und auch das Gespräch beim Abendessen kann ich nicht in der gewohnten Form genießen.

Immer noch belastet von meinen beruflichen Themen verläuft der Abend weiter. Auf die Fragen meiner Frau antworte ich meist geistesabwesend. Natürlich merkt Anna meine Veränderung und so spricht sie mich auch direkt darauf an. Leicht ausweichend spreche ich mit ihr über die Veränderungen in der Bank, ohne sie zu verunsichern. Der nächste Morgen lässt alles wieder in einem anderen Licht erscheinen.

Die Probleme erscheinen mir nicht mehr so groß und so gehe ich zuversichtlich ins Büro, zumal die restlichen 200.000 Euro für Herrn Holgersson von der Direktion genehmigt werden.

In den nächsten Wochen verändert sich die Sachlage nicht und so wird meine ganze Aufmerksamkeit in der Sparkasse benötigt.

Das Privatleben leidet jetzt noch mehr darunter, da Anna den Schuldienst als Lehrerein wieder angetreten hat. Beide lenken wir den Fokus auf unsere beruflichen Belange und so sind die abendlichen Treffen zu Hause vor dem Fernseher immer monotoner.

Dieser Sachverhalt verstärkt sich in den nächsten Wochen noch mehr, als meine Frau durch den Vater einer Schülerin beschuldigt wird, ihre Aufsichtspflicht verletzt zu haben. Zu alledem bricht sich beim Sportunterricht ein Schüler noch den Unterarm.

Obwohl Anna mit der Aktion nicht in einen Zusammenhang gebracht werden kann, fühlt sie sich mitschuldig. Diese Alltagsprobleme lassen uns weiter nicht zur Ruhe kommen. Beide sind wir mit unseren beruflichen

51

Herausforderungen so weit gebunden, dass für eine harmonische Zweisamkeit zurzeit kein Platz vorhanden ist. Strukturelle Veränderungen in der Bank lassen mich Monate später lockerer in die Zukunft blicken. Ferdinand wurde versetzt und mit Herrn Hiller kommt ein erfahrener Kollege an die Stelle des Gruppenleiters. Mir werden weiterhin die alten Vollmachten übertragen und auch der Umgang miteinander harmoniert wieder.

Diese Veränderungen lassen die positiven Gedanken in mir jetzt mehr in den Vordergrund treten. Meine Lebensfreude erwacht und so gewinne ich weiter an Lust und Zuversicht. Die Abende sind kurzweilig und auch das Interesse an Neuem sprüht in mir.

Leider ist Anna nicht in der Stimmung. Sie kämpft weiter mit ihren Problemen und ist deshalb auch nicht bereit, den positiven Umschwung mit mir zu teilen. Ihre Probleme in der Schule bekommt sie nicht in den Griff. Sie nimmt sich das Ganze viel zu sehr zu Herzen und sucht die Schuld immer bei sich.

Mit wenig Schlaf und immer gereizt verlaufen die nächsten Wochen bei ihr weiter sehr eingeschränkt. So sehr wie sie sich immer weiter abschottet, empfinde ich größere Lust am Leben.

Kneipenabende, Spaziergänge in der lauen Sommernacht und spontane Kinobesuche liegen auf meiner Wunschskala ganz oben.

Obwohl ich mit viel Liebe und Zuneigung versuche, Anna zu überreden, mich dabei zu begleiten, zeigt sie kein Interesse, es mir gleich zu tun.

Im Gegenteil, selbst die geliebten Besuche in Kunstgalerien und Bibliotheken werden von ihr nicht mehr wahrgenommen. Die Verbitterung über die Zustände in ihrem Berufsleben geht mittlerweile so weit, dass sie unseren ersten Hochzeitstag vergisst.

Leicht beschämt und verlegen entschuldigt sie sich, ohne aber eine menschliche Regung zu zeigen, die unsere Situation verbessert.

Als logische Konsequenz ihrer Haltung gehe ich meinen Wünschen nach und beteilige mich wieder aktiv am Leben der Stadt.

Von anfangs einmal in der Woche steigert sich mein Gefallen an Aktivitäten außerhalb des Hauses immer weiter und so verbringe ich fast jede freie Minute in Lokalen, Eisdielen, dem Stadtpark und bei öffentlichen Veranstaltungen.

Zu Hause wird mein Sinneswandel aus einem anderen Blickwinkel gesehen. Anna möchte gerne, dass ich ihre Tristesse teile und sie mehr unterstütze. Nur, der Drang, meine Lebensfreude wiederzufinden, ist um einiges größer als der, meine Frau "beim Kampf gegen Windmühlen" zu unterstützen. Spannungen entstehen und der Umgang zwischen uns verändert sich zunehmend. Nur seltene gemeinschaftlich geführte Gespräche, gelegentliche Zärtlichkeiten, wenig Sex, keine Liebkosungen. All diese lebenswerten Attribute spielen in unserer Beziehung keine Rolle mehr!

Aber gerade diese wunderbaren Empfindungen benötige ich wie das Essen und das Trinken. Ich kann mir nicht vorstellen, ein Leben neben Anna zu leben, ohne ihre Nähe zu spüren.

Spreche ich sie darauf an, weicht sie aus und verweist auf ihre berufliche Situation. Die verhärteten Fronten zu

Hause bringen mich wieder zum Nachdenken und so schränke ich meine Aktivitäten ein, um Anna zu buhlen. Rationell verständlich, emotional leidend erlebe ich die nächsten Wochen in unserer Ehe.

Ich muss mitansehen, wie aus einer lebenslustigen, spontanen, jungen, hübschen Traumfrau eine resignierende und verbitterte Frau wird.

Mein Verlangen nach Zärtlichkeiten weist sie höflich, aber bestimmt weiterhin ab und so entsteht in mir eine sich immer weiter steigende Unzufriedenheit. Ein Zufall hilft mir eines Tages weiter.

Bei einem zufällig geführten Telefongespräch mit meinem alten Schulfreund Norbert öffne ich mich das erste Mal und spreche die Probleme in meiner Ehe offen an. Ich kenne Norbert seit langer Zeit und habe zu ihm ein gutes und langanhaltendes Vertrauensverhältnis. Norbert Schneider hat eine gut gehende Praxis, in der er nur Privatpatienten professionelle psychologische Hilfe anbietet.

Drei Tage später sitze ich in einem futuristisch gestylten, roten Prunksessel und lasse mir einen Aperitif schmecken, den mir Norbert zur Begrüßung kredenzt. Leicht staunend nehme ich den Behandlungsraum wahr. Geschmackvolle Bilder zieren die Wände und viele kleine Gegenstände ergänzen den harmonisch eingerichteten Raum.

Von kleinen, lindgrünen Buddha-Figuren, die auf einer Kommode aus dem 18. Jahrhundert stehen, bis zu einem modernen Sekretär, auf dem sich neuzeitliche Kunst wieder spiegelt.

Alle im Behandlungsraum befindlichen Gegenstände haben warme Farben und so passt die mit hoher

Klangqualität erklingende klassische Musik wunderbar dazu. Noch gefangen von den positiven Eindrücken beantworte ich die Fragen von Norbert und ohne, dass ich es richtig merke, beginne ich zu sprechen. Völlig relaxt plaudere ich vor mich hin, weder auf Intimitäten und Zeit zu achten.

Mit jedem Wort befreie ich mich von meiner stummen Last und beende nach einer nicht definierten Zeit mit der Bitte „Norbert, wie soll das weitergehen" meinen Monolog. Ich schaue auf und sehe meinen Psychotherapeuten, wie er mit den Händen seinen Kopf abstützt und nach einer kleinen Pause mit sorgenvoller Miene verbal auf mich eingeht. „Francesco, das hört sich nicht gut an. Ihr beide passt nicht zueinander.

Bei deiner Wahl, Anna zur Frau zu nehmen, waren wohl in erster Linie sexuelle Motive ausschlaggebend. Dein Innenleben hat bereits einen Schaden davongetragen. Deine lebenslustige Art ist durch die Situation schon beeinträchtigt.

Durch deine Tugend, niemandem weh zu tun, opferst du dich auf, ohne an die Folgen zu denken. Ihr könnt nicht ein Leben nebeneinander führen und so tun, als ob das normal sei.

Ohne dass du es merkst, wirst du ein anderer Mensch. Nur, mit dem „neuen Francesco" kannst du nichts anfangen. Du verbitterst, du neigst dann zu Selbstmitleid und lebst nur noch in einer Hülle, sprich deinem Körper. Sollte es dir nicht gelingen, dich darauf einzustellen, besteht sogar die Gefahr einer schleichenden Depression!"

Einige Minuten lang herrscht Stille und die vor Stunden so beruhigende Musik aus dem Klangkörper bringt mir jetzt eher Unbehagen. Diese niederschmetternde Diagnose sitzt, und so bin ich nicht in der Lage darauf einzugehen. Norbert löst die entstandene Spannung endlich auf, indem er mir ganz kalt erklärt, dass nur eine Trennung, sprich Scheidung, unser Problem lösen kann.

„Eine Scheidung kann ich mir nicht leisten!" erwidere ich ihm spontan, ohne nachzudenken.

„Ich würde es finanziell und sie emotional nicht auf die Reihe bringen", schiebe ich im gleichen Atemzug nach. In der anschließenden Diskussion sprechen wir mehrere Szenarien durch, ohne aber auf einen Konsens zu kommen. Ratlos verlasse ich wenig später Norberts Praxis in der Turm Straße.

Turm Straße

Auf dem Heimweg, den ich zu Fuß bestreite, lasse ich mir noch einmal alle Möglichkeiten durch den Kopf gehen. Trotz meiner langsamen Gangart fällt mir nichts Passendes ein, das unsere Situation positiv verändern könnte. Beim Öffnen der Wohnungstür kommt mir ein angenehmer Geruch entgegen.

Anna hat gekocht und uns ein schmackhaftes Abendessen zubereitet.

Nach einem flüchtigen Kuss auf ihre Wange setze ich mich an den geschmackvoll gedeckten Tisch und lasse mir das frisch zubereitete, asiatisch süß-saure Essen munden. Der trockene Rotwein rundet das Ganze noch ab. „Sie ist eigentlich perfekt, sieht gut aus, ist intelligent, hält den

Haushalt in Schuss, kocht hervorragend und managt alle Termine unsere Ehe verlässlich."

Ich habe den Gedanken noch nicht ganz zu Ende gedacht, als Anna beginnt, über ihre Probleme in der Schule zu erzählen.

Wie jeden Abend höre ich ihr zu und versuche, sie zu beruhigen.

Nur komme ich seit geraumer Zeit nicht mehr an sie heran. Sie hört mir nicht zu, da sie mit ihren Themen zu beschäftigt ist.

Und so geht auch dieser Abend wie all die letzten zu Ende. Anna nimmt sich ein Buch und legt sich in den Relax-Sessel. Nach weiteren 2 Stunden geht sie ins Bad und wenig später liegt sie im Bett. Keine Emotionen, nichts Intellektuelles und keine Zärtlichkeiten, die wir in der letzten Zeit austauschen konnten. Und so vergeht auch dieser Abend für mich sehr schmerzhaft. Noch leicht irritiert liege ich im Bett.

Der heutige Besuch bei Norbert bringt mir eine neue Sichtweise. Nach vielen wirren Gedankengängen komme ich in den frühen Morgenstunden zu dem Entschluss, meine Attraktivität beim anderen Geschlecht zu testen, um mal wieder Zärtlichkeiten zu spüren.

Durch diese Entscheidung kann ich noch 3 Stunden schlafen und gehe am nächsten Tag etwas übermüdet, aber nicht unzufrieden in die Arbeit.

Bei meinen abendlichen Kneipenbummel sind mir die oft eindeutigen Blicke einiger hübschen Augenpaare nicht entgangen.

Bisher unterbrach ich den Augenschmaus nach kurzer Zeit, da ich mich auf keine Abenteuer mehr einlassen wollte.

„Aber wie lange kann ich mich noch dagegen wehren?" Mit diesem Gedankengang sinniere ich vor mich hin. Ohne eine Entscheidung zu treffen, lebe ich die nächsten Wochen weiter neben Anna.

Diese immer schwerer werdende Situation verändert sich an einem Samstagnachmittag, als ich durch die Schlossallee schlendere und plötzlich einem Blick begegne, der mich bis ins Mark trifft.

Sofort entsteht in meinem Körper eine wunderbare Kettenreaktion.

Das Blut kommt in Wallung, mein Herz beginnt die Takt Zahl schnell zu erhöhen und auch mein Magen bringt mir ein schönes flaues Gefühl in mein Innenleben. Dieses Mal halte ich den Blick und mit zunehmender Zeit steigert sich der Wohlfühlbereich weiter.

Unsicher und mit der plötzlichen Situation völlig überfordert spielen sich in Bruchteilen von Sekunden wirre Gedanken in meinem Inneren ab.

Ohne dass ich es will, unterbreche ich das innere Feuerwerk und verändere mein Blickfeld wieder in die Anonymität der Fußgängerzone.

„Mann bist du blöd!" sagt mir die innere, abenteuerliche Stimme.

„Das hast du gut gemacht", mit dem zweiten Gedankengang kontert mein schlechtes Gewissen und lässt mich somit weiter im Zweifel durch die Menschenmenge laufen.

Im Nachgang analysiere ich den kurzen, aber intensiven Augenblick, ohne dass ich vernünftige Schlüsse daraus ziehen kann. Spontan entschließe ich mich, an einen Bistrotisch zu gehen, der vor einem Café steht, und mir einen Kaffee zu gönnen. Sinnierend rühre ich mit dem Löffel in meinem Kaffee, als mich von der Seite eine Frauenstimme anspricht.

„Ist der Platz neben Ihnen noch frei?" Ohne nach oben zu schauen, bejahe ich die Frage und rühre weiter mit dem Löffel.

Anschließend nehme ich die Tasse und führe den Kaffee an meinen Mund.

Das dafür nötige Aufrichten lässt mich in genau das Augenpaar blicken, das mich vor Minuten noch so in Wallung gebracht hat.

Aus dem erhofften Schluck wird nur ein kurzes Nippen, da mir der Atem stockt und ich sofort die Tasse auf dem Bistrotisch abstelle.

Völlig verunsichert kommt ein „Hi" aus meinem Mund und meine Hände suchen vor lauter Nervosität das auf dem Tisch stehende Milchkännchen. „Bitte nur ein bisschen", kommt als Antwort zurück. Immer noch irritiert kann ich das eben Gehörte nicht zuordnen und frage noch einmal nach. „Wie bitte?" „Sie dürfen mir ein bisschen Milch in den Kaffee gießen, wenn Sie das Kännchen schon in der Hand haben".

Jetzt ist der Groschen bei mir gefallen und mit leicht zittriger Hand komme ich der Aufforderung nach. Neben einer Tasse Kaffee hat sie auch noch ein Stückchen Kuchen auf dem Teller.

Gekonnt nimmt sie mit einer Gabel mundgerechte Portionen vom Teller. Langsam kommt meine innere Ruhe wieder zu mir zurück. Und erst jetzt sehe ich mehr als ihre Augen. Schwarze, leicht gewellte Haare liegen auf schmalen zierlichen Schultern. Die dezent geschminkten Lippen sind wohlgeformt und geben dem Gesicht eine einzigartige Note. Auch das Dekolletee würde auf jede Titelseite einer Boulevardzeitung passen.

Ich habe meine Beobachtungsphase noch nicht beendet, als mich meine Tischnachbarin anspricht. „Ich habe Sie hier noch nie gesehen, sind Sie neu in dem Viertel?" „Nein, ich lebe schon eine geraume Zeit in der Stadt. Ich arbeite in der Sparkassenfiliale Lessingstraße und befinde mich auf dem Heimweg.

Das Gespräch führt weiter meine hübsche neue Bekannte, indem sie mir Fragen stellt und ich ihr nur antworte. Neben meinen Antworten, die ich mehr oberflächlich gebe, spüre ich mit zunehmender Zeit wieder ein Gefühl in mir, nach dem ich mich schon lange gesehnt habe.

„Es hat gefunkt", denke ich, und so bemühe ich mich, den momentanen Zustand noch eine gewisse Zeit aufrecht zu erhalten.

Leicht irritiert und von der ersten Gefühlsempfindung geblendet öffne ich mich weiter und beginne jetzt meinerseits Fragen zu stellen. Binnen Minuten entwickelt sich ein intensives Gespräch, bei dem jeder dem anderen möglichst viel mitteilen möchte.

Meine innere moralische Stimme lässt mich in Ruhe und so lehne ich mich weiter aus dem Fenster, als mir eigentlich lieb ist.

Neben einem leicht verlegenen Rühren mit dem Löffel in der Tasse berühren sich unsere Finger bei jeder sich bietenden Gelegenheit.

Dieser leichte Körperkontakt wird durch einen tiefen Blick in die Augen des jeweils anderen vervollständigt. Ohne Zeitgefühl und weiter aufgekratzt vergehen die nächsten

Minuten wie im Flug. Carmen, ihr Name war das Einzige, was ich von ihr wusste, signalisiert mir mit ihrem Blick ein eindeutiges Angebot.

Minuten lang verharren wir, nur gehalten von dem fesselnden Blick. Gedanklich sehe ich uns schon in einer erhofften Zweisamkeit.

Kurze Zeit später verabschieden wir uns, nicht ohne unsere Kotaktdaten auszutauschen.

Leicht berauscht, selbstbewusst und neu motiviert schlendere ich weiter durch die Fußgängerzone, ohne eine Zielvorstellung zu haben. Im Verlauf meines Weges verarbeite ich das gerade Erlebte mental. Heute laufe ich die schmale Gasse beim Wasserwerk entlang, um dann auf die Seestraße zu gelangen.

In der kaum frequentierten Gasse kommen die ersten strategischen Gedanken in mir hoch. Als mein Rausch nach Abenteuer etwas abklingt, erinnere ich mich wieder, dass ich ja noch verheiratet bin. Erleichtert registriere ich, dass ich Carmen die Telefonnummer von meinem Arbeitsplatz gegeben habe.

Wie gehe ich mit Anna um?

Merkt sie meine innere Unruhe?

Sollte ich sie einweihen? Gerade in dieser Gefühlsduselei kommt meine lustvolle innere Stimme zu Wort, die mir sagt, dass bis jetzt noch überhaupt nichts passiert sei und ich mir deswegen keinerlei Gedanken darüber zu machen habe.

Durch diese Klarstellung habe ich mich wieder gefestigt und betrete unsere Wohnung in gewohnter Manier. Nach dem obligatorisch flüchtigen Begrüßungsküsschen setzte ich mich neben Anna auf den Stuhl. Trotz meines heutigen

61

Umweges habe ich den Zeitpunkt des Abendessens nicht überschritten. Anna erzählt wieder von der Schule, ihren Problemen mit den Kindern und deren Eltern. Halbherzig antworte ich auf ihre Fragen und komme im Verlauf des Abends auf meinen Besuch letzte Woche bei meinem Freund Norbert zu sprechen.

Ganz vorsichtig und weitausholend erzähle ich Anna von unserem Gespräch und dessen Inhalten. Da ich eher knapp berichte, geht sie mit keinem Wort darauf ein. Ich vermeide es, heute noch mal das Thema anzusprechen, und so endet dieser Abend wie all die Tage zuvor: Einschlafend vor dem Fernseher.

Die flüchtige Wäsche im Bad, die wir im Halbschaf durchführen, beendet den heutigen Tag. Versuche, im Bett noch über aktuelle Themen zu diskutieren, werden genauso schnell im Keim erstickt wie leichte Liebkosung und Zärtlichkeit.

Unzufrieden und verbittert schläft meine Frau neben mir ein und lässt mich mit meiner neuen Lebenssituation allein. Ohne es zu wollen meldet sich meine lustvolle innere Stimme und lenkt den Fokus noch einmal auf den gestrigen Nachmittag in der Schlossallee mit allen positiven Annehmlichkeiten.

Verschiedene Szenarien spiele ich im Traum durch, um auch auf alle Eventualitäten eingehen zu können. Wenig später übermannt mich der Schlaf und so komme ich doch noch zur Ruhe.

Um 8 Uhr sitze ich am nächsten Tag in der Bank bereits am Arbeitsplatz und kann im Display erkennen, das mich heute schon mehrere Anrufer erreichen wollten. Als ich auf die Erinnerungstaste drücke, kann ich 12-mal dieselbe

Nummer erkennen. Obwohl mir die Nummer nicht bekannt ist, erahne ich den ungeduldigen Anrufer. Insgeheim erhofft, jetzt doch leicht erschrocken lasse ich die Situation erst einmal auf mich wirken. „Sie kann es ja gar nicht erwarten", sage ich zu mir und denke, dass ich gestern wohl einen guten Eindruck bei ihr hinterlassen haben muss.

Was mache ich?

Soll ich sofort zurückrufen?

Warte ich auf ihren nächsten Anruf?

Oder lasse ich noch ein bisschen Zeit verstreichen, bevor ich ihr erwartungsfroh antworte?

Leicht verwirrt beginne ich nach einer kurzen Pause meinen Arbeitsalltag mit dem Hochfahren des Computers und dem Prüfen meines Postfaches. Als ich in Gedanken einige Schriftstücke überlese, höre ich den Klingelton meines Telefons, und ohne, dass ich auf das Display blicke, vermute ich, dass es sich um den dreizehnten Anruf handelt. Routiniert und automatisiert leiere ich mein „Stadtsparkasse Monopol, sie sprechen mit Francesco Rivaldo was kann ich für sie tun?" herunter. „Warum so förmlich, so kenne ich Sie gar nicht!" höre ich von einer bezaubernden Stimme.

Ohne es zu merken, wird mir warm und mein Redefluss leidet unter der eigentlich gewollten Situation. Leicht unsicher, aber freudig erregt antworte ich ihr. Es dauert einige Zeit, bis ich meine Unsicherheit ablegen und mit ihrem Redeschwall mithalten kann.

Die lieben und schmeichelnden Worte geben meiner angeknacksten Seele sehr viel Nahrung. Binnen Minuten bin ich wieder gedanklich bei Carmen und fühle mich völlig willenlos. Ich erkenne mich selbst nicht wieder. Meine Zufallsbekanntschaft von gestern hat mich sofort um den Finger gewickelt.

Mit ihrer engelhaften Stimme erzählt sie mir von ihren Gefühlen, die sie für mich empfindet, und der Sehnsucht, mich schnellstmöglich wieder zu treffen.

Diese Worte treffen mich wie das Wasser einen Dürstenden. Monatelange sexuelle Enthaltsamkeit, kein liebes Wort, das meine Ohren in der letzten Zeit erreichte.

Wie ferngesteuert melde ich mich bei Herrn Hiller, meinem Vorgesetzten, mit irgendeinem Vorwand für kurze Zeit ab. Minuten später sitze ich im Stadtbus, der mich bis an das Wasserwerk bringt.

Von da aus gehe ich weiter in die Post Straße bis zur Nummer 16, dem blauen mehrstöckigen Haus, in dem im Erdgeschoss mehrere Geschäfte untergebracht sind.

Post Straße

Kurze Zeit später sehe ich den von ihr beschrieben Lift. Beim Hinauffahren in den 10. Stock schießt mir ein Gedanke in den Sinn.

„Ich kenne doch nur ihren Vornamen, wie finde ich ihr Apartment?"

Ohne eine Antwort gefunden zu haben, stehe ich in der zehnten Etage.

Drei schmale Gänge kann ich erkennen und leicht frustriert nehme ich die Suche nach Carmens Türschild auf. Erleichtert nehme ich ein "Ja da sind Sie ja!" auf.

Freudestrahlend kommt mir meine Bekannte entgegen. Mir drei Küsschen auf die Wangen begrüßen wir uns sehr herzlich.

An der Hand nimmt sie mich mit und schließt wenig später die Tür zu ihrer Wohnung auf. Dezent eingerichtet und mit einigen asiatischen Gegenständen dekoriert erkenne ich in der Diele einen für zwei Personen gedeckten runden Tisch. Liebevoll sind die Servietten als Schwäne gefaltet und ergänzen den mit weiteren kleinen liebevollen Aufmerksamkeiten bestückten Tisch.

Während meine Ohren den liebevollen Schilderungen meiner charmanten Gastgeberin zuhören, schweift mein Blick weiter im Raum, nicht aber ohne immer wieder das atemberaubende Augenpaar zu kreuzen, bei dem ich sekundenlang verharre und mich darin labe. Carmen führt das Gespräch auf ihre Weise, nimmt mich an der Hand streichelt diese zärtlich.

Meine Erwartungshaltung war eine andere. Gedanklich hatte ich mich auf eine wilde Sex-Orgie mit ihr eingestellt und der Druck zwischen meinen Beinen ist dementsprechend groß.

Und jetzt sitze ich mit ihr am Tisch und höre mir eine Geschichte an.

Obwohl der innere Trieb und mein Verlangen nach Sex in keiner Weise befriedigt werden, habe ich nicht das Gefühl, dass mir die momentane Situation unangenehm wäre. Im Gegenteil, durch ihre Art der Kommunikation steigert sich mein Verlangen nach ihr weiter.

Nachdenklich und leicht stockend beginnt sie, mir eine Geschichte zu erzählen. Nach zehn Minuten haben wir beide feuchte Augen und so kann ich ihren offensiven

Auftritt von gestern gut verstehen. Da Carmen sehr lebenslustig ist und allem neuen sehr aufgeschlossen gegenübersteht, verändert sie die heimelige Stimmung. Sie fordert mich auf, ihr zu folgen. Kurz vor einer Tür bleibt sie stehen, fordert mich auf, die Augen zu verschließen, und bugsiert mich von einem harten Parkett auf einen flauschigen Teppichboden.

Ein rotes Wasserbett, das in der Mitte des Raumes steht, lässt meine niedrigen, aber sehnlichst erwünschten Beweggründe plötzlich reell werden.

Mit einem „darauf hast du doch gewartet, du geiler Bock" schockt mich Carmen jetzt nicht mehr. Durch den beschleunigten Sinneswandel erwachen die Urinstinkte in mir und meine Blutbahnen kommen schneller in Wallung, als mir lieb ist.

Als ich dann Carmens Körper, der nur durch ihr schulterlanges Haar bedeckt war, so vor mir sehe, gibt es kein Halten mehr.

Durch den monatelangen sexuellen Entzug sammelten sich nicht nur Millionen von Spermien, nein auch meine Gedankenwelt, die in dieser Zeit die wildesten Fantasien durchspielte, kann sich jetzt befreien. Heftig, erotisch, wild, leidenschaftlich, stellungswechselnd mehrfach zum Abschuss kommend verlassen uns nach einer nicht definierten Zeit so langsam die Kräfte. Genüsslich betrachte ich Carmens aufregenden Körper, der kurzatmig neben mir liegt und dessen Formen voller Harmonie ineinanderlaufen.

Ihre Brustwarzen sind voll aufgegangen und türmen ganz heroisch auf ihren wunderbar festen und gut geformten Brüsten. Dieser Anblick entfacht bei mir sofort eine

66

Kettenreaktion. Schnell bin ich in Stimmung und bevor ich mich mit meinen Händen den Köstlichkeiten neben mir widmen kann, höre ich aus einer engelhaften Stimme die Worte:

„Francesco mach es noch einmal"!

Dieser Aufforderung kann ich mich auf keinen Fall entziehen und so komme ich zum zweiten Mal in den Genuss von einer atemberaubenden sexuellen Bereicherung.

Der zweite Liebessturm fegt in der gleichen Intensität über uns hinweg, sodass es mir langsam unheimlich wird. Auf dem Rücken liegend erkenne ich anschließend, wie meine Liebesgöttin aus einem kleinen, silbernen Eimer eine Flasche Champagner entnimmt und diesen vorsichtig in zwei Gläser gießt. Garniert mit ein paar Erdbeeren stellt sie die Köstlichkeiten auf das Betttischchen und füttert mich liebevoll. Stunden später und mit keiner zeitlichen Orientierung dusche ich und versuche die Realität wiederzufinden.

Völlig aufgelöst und leicht unsortiert verlasse ich wenig später mein Liebesnest. Zärtlich und engumschlungen können wir nur schwer voneinander lassen. So langsam komme ich in die normale Welt zurück. Die Seestraße 16 verlasse ich zu Fuß und gehe auch an der Bushaltestelle vorbei.

Innerlich noch richtig aufgekratzt versuche ich die letzten Stunden zu verarbeiten. Alle meine Sehnsüchte und Wünsche sind gestillt und so schwebe ich weiter durch die Stadt. Wegen meines Hochgefühls übersehe ich eine rote Ampel und nur durch die Vollbremsung eines aufmerksamen Verkehrsteilnehmers wird Schaden von mir ferngehalten. Erschrocken und ruckartig bin ich jetzt endgültig in der Realität zurück. Dieses „aus den Träumen gerissen werden" bringt mich gedanklich zu dem Gespräch mit Carmen.

Sie schilderte mir in der Diele beim Frühstück das kurze Glück mit ihrem geliebten Mann, der nur nach einem halben Jahr Ehe durch einen Verkehrsunfall so plötzlich aus dem Legen gerissen wurde. Seine Ähnlichkeit mit meinem Äußeren ist fast nicht zu übersehen, wie ich selbst an dem Bild, das mit einem schwarzen Band bei ihr in der Diele hängt, sehen konnte.

Nach zwei Jahren der Enthaltsamkeit wollte sie sich wieder öffnen und nach einem Partner suchen. Und in genau dieser Gedankenphase treffen wir uns in der Fußgängerzone mit unseren Blicken. Wie sie mir sagte, war sie nach dem Blickkontakt wie gelähmt, da sie mich für kurze Zeit für ihren verstorbenen Mann hielt. Gegen ihre Art trank sie im Stehausschank schnell zwei Doppelte, um den Mut aufzubringen, mich anzusprechen. Anschließend folgte sie mir bis zu dem Bistrotisch, wo sie mich dann auch tatsächlich ansprach.

Dieses nachträgliche Aufarbeiten lässt mich mein Abenteuer leicht in den Hintergrund stellen. Bevor ich die Lessingstraße erreiche, schaue ich an der Ecke in das Schaufenster des Kapitols, dem größten Kino der Stadt. In großen Lettern lese ich den Titel des neuen Films, der nächste Woche anläuft:

„Dein Gewissen verzeiht dir nie!" Ohne dass ich den Untertitel weiterlese, schießt mir ein Gedanke in den Sinn. Anna! Normalerweise hätte sich meine innere Stimme schon bei mir melden müssen, geht es mir durch den Kopf.

Aber da höre ich nichts. Leicht verwundert überlege ich, ohne aber auf eine plausible Erklärung zu stoßen. Hatte ich mich in der Vergangenheit gedanklich mit außerehelichem Sex befasst, so kam sofort ein Veto von meinem schlechten Gewissen.

Heute nichts, absolut nichts. Verwundert und der offenen Frage nicht auf den Grund gehend setze ich meinen Weg an meinen Arbeitsplatz fort.

Mein mehrstündiges Fernbleiben kann ich mit ein paar Halbwahrheiten gerade noch vertuschen und so verbringe ich den Rest des Tages an meinem Schreibtisch der Stadtsparkasse Monopol.

Beim Durchblättern der Post und bei allen weiteren Tätigkeiten kann ich mich heute nicht konzentrieren, da sich meine lustvolle innere Stimme immer mehr bemerkbar macht und mit mir weitere Schritte bespricht. Von meinem Gewissen höre ich weiter keine mahnenden Worte und so lasse ich mich weiter von meinem motivierenden Innenleben verführen.

Um 18 Uhr endet dieser ereignisreiche Arbeitstag für mich. Wieder gefasst und völlig relaxt komme ich nach Hause und werde, wie jeden Tag von Anna mit einem flüchtigen Kuss auf meine Wange begrüßt. Der liebevoll gedeckte Tisch und das Abendessen lassen unsere Ehe nach außen weiter als gut erscheinen.

Nur das tägliche Tischgespräch endet wie jeden Abend in einer großen Ungerechtigkeitsdebatte. Danach kann ich mit meiner Frau nicht mehr vernünftig sprechen, da sie glaubt, dass ich sie nicht ausreichend unterstütze. Gepaart von Selbstzweifel und dieser Erkenntnis ist es nicht möglich, mit ihr am Abend bei einem Glas Wein ein

69

vernünftiges Gespräch zu führen. Leichte Andeutungen von Zärtlichkeiten weist sie schroff von sich und auch sonst ist ihre Verbitterung allgegenwärtig. Ich spiele jetzt mit dem Gedanken, Anna mein heutiges Abenteuer zu erzählen, lasse den Gedanken aber schnell wieder fallen, da ich mir über die Konsequenzen nicht im Klaren bin. Wenig später liegen wir in unserem Bett und beenden einen Tag, der mir wohl noch lange in Erinnerung bleiben wird. In Verbindung mit meiner guten Laune lasse ich mein heutiges Abenteuer wie im Film mehrmals vor meinem inneren Auge abspielen.

Mit jeder Wiederholung wird es noch schöner und so erwache ich am Morgen völlig aufgekratzt und voll entschlossen, meine Liebesgöttin heute wieder zu kontaktieren.

Meinen Weg zur Arbeit gestalte ich heute etwas schneller als gewohnt. Normalerweise kreisen meine Gedanken über die Themen, die mich in der Arbeit erwarten. Heute ist mein Innenleben gefüllt mit einer enormen Erwartungshaltung, Carmen schnellstmöglich zu sehen, zu hören und zu fühlen.

Kurz vor dem Eingang der Stadtsparkasse Monopol hole ich mich in die Realität zurück und versuche, so normal wie möglich zu sein.

Das freundliche Grüßen im Eingangsbereich gelingt mir besonders gut und durch meinen Übermut nehme ich nicht den bereitstehenden Lift, sondern steige die Treppen bis in den 5. Stock zu Fuß.

Carmens Telefonnummer ist bei mir fest verankert und so eile ich nach dem Öffnen meiner Bürotür sofort an meinen Schreibtisch, um sie anzurufen. Noch bekleidet mit meiner

Jacke und meiner Aktentaschen haltend wähle ich ihre Nummer.

Mit jeder Zahl, die ich in der Tastatur drücke, springt mein Puls um einige Schläge nach oben. Das Freizeichen trennt uns und so steigt mein Verlangen weiter. Das erlösende „Guten Morgen mein Liebesgott" lässt bei mir die Spannung abfallen und so gelingt es mir, mit ihr eine normale Konversation zu führen.

Ihre angenehme Stimme geht leider nicht auf meinen Vorschlag ein, mich mit ihr zu treffen. Das Gespräch, das trotz dieser kleinen Enttäuschung sehr motivierend auf mich wirkt, lässt die Hoffnung auf ein weiteres Treffen bestehen.

Der Termin beim Friseur und der anschließende Besuch bei ihrer Mutter im Altersheim verhindert heute eine Wiederholung unseres Liebesaktes. Äußerlich ruhig, aber innerlich weiter aufgewühlt kämpfe ich mich heute durch den Arbeitstag.

Die telefonisch geführten Kundengespräche, das Meeting am Mittag mit den Gruppenleitern und auch meinen Kundenbesuch bei der Familie Großkreuz nehme ich nur bedingt wahr.

„Hoffentlich merkt man dir deine Zerfahrenheit nicht an!" Mit dem Gedankengang meldet sich jetzt endlich mein Gewissen.

Und ich muss ihm Recht geben. Mein komplettes Innenleben ist von ihr in Besitz genommen worden und jeder Gedanke, der nicht mit Carmen zu tun hat, fällt durch mein Raster. Wenn man mich heute fragen würde, was ich den ganzen Tag gearbeitet habe, könnte ich nur schwer eine Antwort geben.

West-Bahnhof

Auf dem Nachhauseweg, Nähe des Westbahnhofs, melden sich meine inneren Stimmen und geben sich ein gewaltiges Wortgefecht. Fakten gegen Emotionen!

Ohne eine Klarheit bekommen zu haben, betrete ich am späten Abend unsere Wohnung. Anna ist noch in ihrer Selbsthilfegruppe und so brauche ich mich nicht zu verstellen.

Um meine innere Ruhe wieder zu finden, melde ich mich am nächsten Tag krank. Die Entscheidung ist goldrichtig. Das Entwirren meiner Gedanken gelingt mir zu Hause in gewohnter Umgebung am besten.

Das ersehnte Telefongespräch mit Carmen verläuft ohne einen überhöhten Blutdruck und meine Gesprächsmelodie finde ich nach kurzer Zeit. Die nächsten Wochen gestalten sich für mich sehr angenehm, aufregend und spannend. Carmen besitzt neben ihren optischen Reizen und ihrer angenehmen Stimme auch einen besonderen Humor und unendlich viel Kreativität.

Von diesen positiven Attributen profitiere ich enorm und so ist mein Arbeitsumfeld wesentlich angenehmer geworden.

Ich gehe wieder gerne zur Arbeit! Diese vielen geheimen Treffen mit Carmen und die verwegenen Aktionen, die wir ohne Hemmungen und Zweifel unternehmen, fesseln mich rückblickend immer wieder. Wenn ich bei ihr bin, gibt es für mich keine Tabus. Ich bin ihr verfallen und ich genieße diese Art zu leben zu jeder Zeit, von einem Moment zum anderen.

Mein vorhandenes Selbstvertrauen steigt noch weiter nach oben und so bremse ich mich auch mal selbst, wenn es zur Überheblichkeit neigt.

Die atemberaubenden Schäferstunden bei ihr zu Hause, im Stadtwald, in der Damenumkleidekabine von Karstadt und auch in der Straßenbahn krönen weiter unsere Beziehung. Durch ihre unvorstellbare Fantasie lässt sie jedes sexuelle Abenteuer zu einem Genuss der besonderen Art werden. Die Frage nach dem „ihr hörig sein", stelle ich mir nicht, genieße lieber jede Minute mit ihr und lasse mich im Liebes- und Sexrausch einfach treiben. Sie entdeckt bei mir immer neue erotische Stellen und bringt meine Gefühlswelt mehrfach zum Einstürzen, um sie wenig später wieder schöner und erotischer aufzubauen. Monatelang nehme ich das angenehme Leben so hin und nur langsam kann ich mich von den unsichtbaren Handschellen befreien, ohne mit Carmen zu brechen.

Unsere Liebesakte finden nicht mehr so oft, aber immer noch sehr intensiv statt. Diesen Umstand habe ich meinem Freund Norbert zu verdanken, der mich eines Abends zu Hause anrief, um sich zu erkundigen, wie es mir geht. In der kurzweiligen Unterhaltung schilderte ich ihm alle meine Anstrengungen, seinem Rat zu folgen, um mich von den drohenden Depressionen zu befreien.

Da ich kein Blatt vor den Mund nahm und ihm alles im Detail schilderte, war er sehr erfreut, mich vor der aufkommenden Krankheit gerettet zu haben.

Seinen ernstgemeinten Rat, mich nicht nur auf mein „schwanzgesteuertes Leben" zu konzentrieren, nehme ich noch in derselben Nacht auf und versuche mein Bestes, aus dieser unvorstellbar wunderbaren Beziehung herauszukommen.

„Nein, beenden werde ich diese Liaison mit Carmen auf gar keinen Fall! Vielleicht reduzieren?

Das wäre wohl möglich."

Mit dieser neuen Überlegung beginne ich am nächsten Morgen den neuen Tag. Das Verhältnis zu meiner Frau Anna empfinde ich seit geraumer Zeit gar nicht mehr so trist.

Durch meine außerehelichen sexuellen Abenteuer ist mein Suchen nach Zärtlichkeiten bei ihr nicht mehr so intensiv. Wir gestalten die Abende wieder öfter in Zweisamkeit und haben beide unseren Spaß dabei. Im Arm liegen und wieder Zukunftspläne schmieden hat es bei uns seit längerer Zeit nicht mehr gegeben. Dieses leichte Liebkosen, das ich heute Abend mit ihr genieße, lässt mich zuversichtlicher in die Zukunft blicken. Nur schwer kann sich Anna aus ihrer Wohlfühlposition befreien, um sich gegen 19 Uhr mit ihrer Selbsthilfegruppe zu treffen.

Nach dem Verlassen der Wohnung öffnet sie noch einmal kurz von außen die Tür und fragt mich, begleitet von einem charmanten Lächeln, ob ich sie gegen 20 Uhr abholen könne.

„Gerne hol ich dich ab" entgegne ich ihr aus meiner guten Laune heraus und drehe mich noch einmal um, um weiter zu dösen.

Durch das Weiterschlafen und die großartige Lage auf der Designer-Liege hat mein innerer Schweinehund beschlossen, liegen zu bleiben. Nur schwer kann ich mich aufraffen, um meine Frau tatsächlich abzuholen.

Schließlich gelingt es mir, mein Phlegma zu besiegen. Minuten später befinde ich mich auf dem Fußweg. Bekleidet mit meinem neuen modischen Wintermantel und dem flauschigen und auffallenden roten Kaschmirschal begebe ich mich zur Volkshochschule in der Schillerstraße.

Schiller Straße

Der kurze Spaziergang durch den Schnee tut mir gut und so stehe ich vor dem hell erleuchteten Gebäude. Hier treffe ich auf eine kleine Gruppe mit drei Frauen und einem Herrn.

Nach meinem abendlichen Gruß verweile ich mit einigem Abstand noch eine kurze Zeit neben den Genannten. Unwillkürlich hören meine Ohren unterschiedliche und sehr intime Geschichten aus der Menschengruppe heraus. Von Angstzuständen, wiederkehrenden Depressionen und verein-zelten Verfolgungsängsten bis zu schlaflosen Nächten erstreckt sich der Themenkreis der Wartenden. Als wenig später die große Glastür aufgeht, verstummen die Gespräche und alle widmen sich der abzuholenden Person.

Mit einem leichten Winken mache ich etwas schüchtern auf mich aufmerksam und schließe wenig später meine Frau in den Arm.

Den romantischen Spaziergang nach Hause genießen wir beide händehaltend und nicht so schweigsam wie unsere letzten Ausflüge in die Natur. Anna erzählt von den angesprochenen Problemen, ich störe sie nicht durch

Versuche, das Thema zu wechseln, und so erfährt unsere Kommunikation eine gewisse Geschmeidigkeit, die uns beiden guttut.

An diesem Abend liege ich auf dem Rücken im Bett, meine rechte Hand umschließt Annas Kopf und meine Gedanken versuchen, den heutigen Abend richtig einzuschätzen. Haben in den letzten Nächten die erotischen Abenteuer mit Carmen mein Innenleben besetzt, so ist es heute anders.

Der abendliche Spaziergang, das Tolerieren und Ausreden lassen bei den erfrischenden Dialogen und auch der Hauch von zärtlicher Zuneigung geben meinem Aufarbeitungszentrum neue Themen. Genau in der Findungsphase übermannt mich der Schlaf und so wache ich völlig entspannt am nächsten Tag neben Anna auf. Diese Nacht hat meine Hormone neu geordnet, denn der morgendliche gedankliche Liebesakt mit Carmen wird heute nicht vollzogen.

Stattdessen schwirren mir Gedanken im Kopf herum, meine Frau heute nach der Arbeit schick zum Essen auszuführen. Mit dem Thema will ich aber ihr morgendliches Verschönerungstreiben nicht belasten und hoffe, sie mit einem Anruf heute Mittag dafür begeistern zu können.

Auf dem anschließenden Weg zu Arbeit bleibe ich gedanklich bei Anna und meine gutmütige innere Stimme bringt meine Liebesgöttin Carmen immer noch nicht ins Spiel.

Nach dem Hochfahren meines Computers und der Vorbereitung auf den heutigen Arbeitstag höre ich das Telefon mit dem Bolero von Ravel. Diese Einstellung habe ich seit meinem Treffen mit Carmen einprogrammiert. Und genau die Nummer von Carmen sehe ich im Display. Bis gestern erwartete ich diesen täglichen Anruf sehnlichst und mein Blut geriet in kürzester Zeit in Wallung. Mit einem „Hallo, mein Liebling" gehe ich heute leicht reserviert ins Gespräch.

Carmen sprudelt wie jeden Tag aus sich heraus, überschüttet mich mit allem, was sie hat, und lädt mich heute Abend nach einem Kinobesuch zu einem „All inclusive Meeting" in ihr Liebesnest ein. Mein Gewissen und meine „innere gute Laune-Stimme" haben einen heftigen Schlagabtausch, bei dem ich wie gelähmt bin und nicht sofort auf Carmens Einladung reagieren kann. Als ich ein „bist du noch da" höre, beende ich den weiter anhaltenden und sich verschärfenden Wortwechsel meines Innenlebens und antworte meiner Lustgöttin: „Heute ist es schlecht!

Ich bin von meinem Chef zum Essen eingeladen worden!" Sekunden höre ich nichts. Ich bin für jede weitere Sekunde dankbar, die mir Zeit gibt, meine Ausrede zu festigen.

„Schade, Bär, ich habe mich so auf unseren Abend gefreut!"

„Es tut mir leid", schiebe ich sofort nach und fühle mich zunehmend besser, da der Kelch ohne große Scherben noch einmal an mir vorbeizugehen scheint. Mit einigen Küsschen durchs Telefon beenden wir das Gespräch und so beginne ich leicht nachdenklich meinen Arbeitstag.

„Francesco, du bist doch verrückt", höre ich „meine gute Laune-Stimme" zu mir sprechen.

„Du lässt so eine Frau heute Abend ganz allein, denk doch Mal an die vielen wunderbaren intimen Stunden. Sie hat

77

dein ganzes Sexualleben revolutioniert! Komm, ruf sofort zurück und geh auf ihr Angebot ein!" Sie hat recht, denke ich für mich, und will gerade den Hörer in die Hand nehmen, als das Gewissen mich mit einem Konter noch von dem Rückruf fernhält.

„Hast du den gestrigen Abend und deine Überlegungen, die du in der Nacht getroffen hast, schon wieder vergessen, du geiler Bock?! Denk an die schönen Stunden der ersten Monate in deiner Ehe!" Gut, dass mich keiner sehen kann, denke ich, und fühle mich wie ein begossener Pudel. Meine Vorgänge auf dem Schreibtisch arbeite ich an dem Vormittag stupide ab, ohne meine Gedankenwelt wieder gefestigt zu haben.

Der weiter anhaltende Kampf meiner inneren Stimmen lässt eine gewisse Nervosität bei mir hochkommen. Befreiend schaue ich auf die Uhr, da beide Zeiger senkrecht nach oben zeigen, und ringe ich mich durch, meine Frau anzurufen und sie zu einem schönen Abendessen ein-zuladen.

Mehrmals wähle ich ihre Nummer, ohne sie zu erreichen. Nach 10 Minuten beende ich mein Bemühen und verlasse das Büro, um mich noch ein wenig in der Stadt zu bewegen. Mit solch einer Situation kann ich schlecht umgehen. Mein Innenleben ist unruhig und so fehlt mir in der nächsten Zeit meine Souveränität.

Deshalb gestaltet sich der Nachmittag emotionslos und meine Gedanken befassen sich intensiver mit meiner Aufgabe als Sparkassenmitarbeiter. Von der neuen Situation befangen vergesse ich heute das Ende meiner Arbeitszeit und erkenne überrascht, dass wir schon 18 Uhr haben und mein gesamtes Umfeld bereits nach Hause gegangen ist. Kurze Zeit später bin ich ebenfalls auf dem Heimweg. Nach dem Öffnen der Tür schauen mich fragende Augen an. „Wo bleibst du denn, ich habe mir schon Sorgen um dich gemacht! Oder hast du vielleicht eine Freundin?"

Mit dem Nachsatz bringt sie mich kurz in Verlegenheit, da ich gerade heute doch ein solides Alibi habe. Den sicherlich nicht ernstgemeinten Satz überhöre ich und so sitzen wir wenig später beim Essen. Die nächste Zeit verläuft geregelt. Anna ist weiterhin locker und deshalb gestalten sich unsere Abende wieder kurzweilig und harmonisch. Meine Liebesabenteuer mit Carmen sind weiter sehr intensiv und berauschend, aber nicht mehr so häufig. Der Alltag hat mich wieder in seinen Fängen und deshalb plätschert mein Leben in den nächsten Wochen so vor sich hin. Nicht unzufrieden, vielleicht ein bisschen eingefahren, aber auf gar keinen Fall eintönig kommt der Frühling auf uns zu.

Die reelle Welt bestimmt jetzt meinen Tagesablauf. Die Emotionen stehen seitdem hinten an und so kommt es nur durch banales Vergessen eines Termins bei mir zu einer Kehrtwendung.

Wie jeden Dienstagabend gehe ich zur Volkshochschule, um meine Frau von der Selbsthilfegruppe abzuholen. Gedanklich abwesend erreiche ich das Gebäude und erst jetzt erinnere ich mich an unser Gespräch heute beim Frühstück, bei dem Anna erwähnte, dass sie heute Abend mit ihren Kolleginnen zum Essen gehen werde. Bevor mir das richtig bewusst wird und ich mich wieder auf den Heimweg mache, werde ich von einer ebenfalls wartenden jungen Frau angesprochen. „Entschuldigen Sie bitte, wissen Sie, wie lange die Kurse der Volkshochschule dauern?"

Meinen Kopf leicht drehend antworte ich einem schlicht geschminkten und unscheinbaren Gesicht. „Tut mir leid, aber ich kenne die Zeiten nicht". Mit der Antwort und „Einen schönen Abend" wünschend drehe ich mich um und will den Platz gerade verlassen, als mich ein weiterer Satz von ihr erreicht.

„Es ist sehr selten, wenn sich ein männliches Wesen zu einem Selbsthilfetreff verirrt!" Normalerweise überhöre ich so eine Textkonserve, aber die Melodie der Stimme signalisiert mit ein „nicht weiterlaufen". Kurze Zeit später bleibe ich tatsächlich stehen und nähere mich der Unbekannten.

Dr. Phil. Galina Kasparow ist mein Name. Ich würde mich freuen, wenn Sie mich noch ein paar Minuten begleiten würden".

Die Stimme von Galina macht mich neugierig. Ohne ein Wort zu sagen, laufe ich bereits neben ihr und so verschwinden wir im Stadtwald.

Bisher lenkten mich die optischen Reize bei Frauen. Diesmal bin ich gefangen von einer Frau, die mich mit ihrer Art der Kommunikation wie eine Spinne langsam mit unsichtbaren Fäden so in ihren Bann zieht, dass es für mich kein Entrinnen mehr gibt. Ohne Zeitgefühl und völlig locker unterhalten wir uns im schummrigen Licht des Stadtwaldes.

Völlig irritiert lausche ich ihren Worten. Das Bedürfnis, sie zu umarmen oder zu liebkosen, hätte schon lange von mir Besitz ergreifen müssen. Nein, nichts regt sich und trotzdem ist meine Gefühlslage einzigartig schön. Einfach nur schön. Diese Art des Wohlfühlens macht mir ein bisschen Angst, denn dieses Empfinden trifft mich heute zum ersten Mal.

Gegen Mitternacht komme ich mit vielen unbeantworteten Fragen zu Hause an. Anna liegt bereits im Bett und so setzte ich mich noch kurz ins Wohnzimmer, um das soeben Erlebte zu verstehen.

Eigentlich nicht erklärbar versuche ich die letzten Stunden richtig einzuordnen. Es gelingt mir heute nicht und so gehe ich wenig später zu Anna ins Bett. Die unruhigen Geräusche unseres Weckers lassen mich am nächsten Morgen gegen 6 Uhr langsam zu mir kommen.

Die Mechanismen des Alltags übernehmen meinen morgendlichen Ablauf und so bin ich Minuten später am Frühstückstisch. Anna sitzt mir gegenüber und erzählt mit von gestern Abend.

Ihre Schilderung erreicht nicht mein Inneres und so antworte ich nur oberflächlich auf die vereinzelt gestellten Fragen. Viel mehr wühlt dieser dubiose Nachtspaziergang mein Inneres auf. Ich versuche meine Gefühlswelt auf die gestrige Begebenheit zu lenken. Schlicht gekleidet, mittelgroß, ungeschminkt, schmale Lippen. Mehr habe ich mir nicht merken können.

Wenn da nicht diese Art des Sprechens gewesen wäre. Mit dem Gedanken stoße ich sofort meine Gefühlswelt von gestern Abend wieder an. Jedes Wort, die daraus resultierenden Betonungen wie auch die Pausen in ihren Monologen geben ihr etwas Einzigartiges.

Weiter suche ich mental nach einer Erklärung für diese Phänomen. Ein „Du hörst mir ja gar nicht zu!" unterbricht jäh meine Findungsphase. Kleinlaut entschuldige ich mich bei Anna und gebe als Grund meiner Unaufmerksamkeit meinen unruhigen Schlaf an. Schlagartig befinde ich mich wieder in der reellen Welt. Organisatorische, pflichtmäßige und terminliche Zwänge bestimmen ab 7 Uhr 15 meinen weiteren Ablauf.

Ein Blick in den Terminkalender signalisiert mir für heute einen kurzweiligen Arbeitstag. Diese Abläufe bestimmen bis Mittag meine Arbeit und so habe ich keine Freiräume, um dem Reiz der mentalen Begierde zu erliegen. Gegen 15 Uhr bröckelt die professionelle Handhabung meiner Berufsauffassung.

Gedanklich getrieben verlasse ich bereits jetzt meine berufliche Arbeitswelt und wende mich wieder meinen neuen, wunderbaren Gefühlen zu.

Park Straße

Das Gespräch im Stadtwald auf der Park Straße bei schummrigen Lichtverhältnissen war von den ersten Sätzen an so vertraut, dass ich das Gefühl hatte, schon jahrelang mit ihr befreundet gewesen zu sein.

An den Inhalt des Gesprächs oder die Details unserer nächtlichen Begebenheit kann ich mich nicht mehr erinnern und trotzdem komme ich gedanklich nicht von ihr los.

Ohne eine Antwort auf diesen ungewöhnlichen Vorgang zu bekommen, verlasse ich zwei Stunden später mein Büro und begebe mich in den Feierabendverkehr. An der Ampel stehend und auf grün wartend möchte ich die Elisenstraße überqueren, als das Handy meine Aufmerksamkeiten auf Carmen lenkt.

Meine Liebesgöttin habe ich in den letzten Stunden vergessen. Erfrischend sprudelt ihre Stimme an mein Ohr und schnell sind wir wieder in unserer typischen Art der Kommunikation.

Der Inhalt unseres Gesprächs ist weiter von sexueller Wollust geprägt. Manchmal etwas ordinär, immer provozierend und nur selten langweilig genießen wir die Art, über unsere intimen Wünsche und Träume zu plaudern.

Oft wird so ein Telefonat von uns als Vorspiel angesehen, da es kurze Zeit später meist zu intimen Handlungen kommt. Heute ist es auch nur eine Frage der Zeit, bis wir uns treffen. Minuten später liegt Carmen mit dem Rücken auf der Kühlerhaube eines großen BMW im Parkhaus der Turmstraße. Ohne große Rücksicht auf unser Umfeld zu nehmen, vollziehen wir unseren durch große Lust geprägten Liebesakt.

Ohne Tabus (Carmen kann vor dem Erreichen des Höhepunktes sehr laut werden) vergnügen wir uns auf der noch warmen Motorhaube. Offensichtlich unbemerkt verlassen wir eine geraume Zeit später unsere Nobelkarosse und begeben uns wieder in das abendliche Treiben von Monopoly.

Nur schwer können meine Finger von ihr lassen und so gestaltet sich unsere Verabschiedung schwieriger als erwartet. Minuten später laufe ich die Poststraße entlang und fühle mich wie ein stolzer spanischer Torero, dem es zum wiederholten Mal gelungen ist, einen Stier zu erlegen. Der Puls hat sich beruhigt, die Gedanken lichten sich und meine sexuellen Bedürfnisse sind für heute auf eine wunderbare Art befriedigt worden. Genau in diese Relax-Phase hinein kommt mir meine schlichte Bekanntschaft von gestern Nacht mit ihrer verzauberten Art der Kommunikation in den Sinn. „Warum stößt mein Unterbewusstsein gerade diese Begebenheit aufs Neue an?"

Mit der Frage versuche ich das Thema zu wechseln. Keine Chance! Wie der Meißel eines Steinmetzes prägt mein Unterbewusstsein die nächtliche Bekanntschaft der Frau mit der Engelszunge immer tiefer ein.

Eigentlich hilflos bin ich dem Thema ausgesetzt. Anna, Carmen und dann noch sie?

Wie soll das weiter gehen?

Hilfesuchend wende ich mich am Abend von zu Hause aus an Norbert, der mich ja in die Lage gebracht hat. Ich muss ihm nichts erklären, er erkennt sofort meine besondere Situation.

Gebetsmühlenartig lasse ich seine ruhige Stimme auf mich einwirken. Nach 15 Minuten bin ich gefestigt. Die innere Unsicherheit ist gewichen und so glaube ich weiter daran, mein rastloses Leben so weiterführen zu können. Mit einem herzlichen Gruß verabschiede ich mich von meinem Schulfreund Norbert und schlafe wenig später innerlich gefestigt ein.

Der nächste Tag ist bei mir von großer Unsicherheit geprägt. Mein Innenleben blendet immer wieder Frau Dr. Phil. Galina Kasparow in meine Gedankengänge ein. Keine Telefonnummer, kein einziger Hinweis auf ihre Herkunft, kein Tipp über ihr Berufsleben und was mich am meisten beunruhigt ist die Tatsache, dass ich mich nur ganz vage an ihr Aussehen erinnern kann. Dass mich ein Mensch nur durch seine besondere Art der Kommunikation in so eine Situation bringen kann, ist eigentlich nicht vorstellbar, aber jetzt allgegenwärtig.

In Gedanken versunken versuche ich Anhaltspunkte zu finden, die ein baldiges Wiedersehen ermöglichen könnten. Wohnt sie hier in der Stadt?

Ist sie als Urlauberin nur für kurze Zeit da? Arbeitet sie in Monopoly?

Diese Fragen und noch andere Gedanken schwirren mir durch den Kopf. Je mehr ich mich mit ihr befasse, umso weiter gerate ich in einen Strudel, der mich immer weiter nach unten zieht. Die nächsten Tage laufen im normalen Rhythmus ab.

Das monotone Leben zu Hause, der meist von Routine geprägte Berufsalltag und meine schönen Stunden mit Carmen. Neu ist nur, dass in all den Abläufen meinem Unterbewusstsein immer wieder diese besondere Frau meine Aufmerksamkeit fordert. Gedanklich bin ich sehr unterschiedlichen Gefühlen ausgesetzt. Sehe ich sie noch einmal?

Lebt oder arbeitet sie in der Stadt?

Ist sie auf Besuch, oder habe ich mir diese Geschichte nur im Geist vorgestellt. Diese Ungewissheit zieht mich immer mehr in den Bann. Ich versuche krampfhaft, mich an unsere Diskussion zu erinnern. Waren da Hinweise, die ihren Aufenthaltsort erahnen lassen könnten? Je länger ich meinen Gedanken nachgehe, desto verschwommener werden die Fakten.

Und so verlaufen die nächsten Tage eher unspektakulär. Aber immerhin kenne ich ihren Namen. Übers Internet suche ich alle Universitäten, Hochschulen und Institute ab, die irgendetwas mit Geisteswissenschaften zu tun haben. Nichts, kein einziger Anhaltspunkt hilft mir weiter. Meine letzte Chance sehe ich bei gelegentlichen Spaziergängen im Stadtwald.

Diese Aktion, Spaziergänge bei Nacht, gab es bisher bei mir nicht und so muss ich gegenüber meiner Frau und Carmen gute Gründe nennen, um in diesem Zeitraum mein Familienleben und meine heimlichen schönen Stunden nicht wahrzunehmen. Meine Kreativität, Geschichten zu erfinden, die nach wie vor plausibel bei meinen Frauen ankamen, steigere ich in eine geniale, perfekte, ja fast perfide Art.

Die Hoffnung, meine wundersame nächtliche Bekanntschaft noch einmal zu treffen, sinkt von Tag zu Tag und so muss sich das Schicksal noch einmal zu meinen Gunsten entscheiden.

Auf dem Weg zur Arbeit lese ich den Namen Dr. Phil. Galina Kasparow auf einer Werbe-Aufschrift eines vorbeifahrenden Stadtbusses. Diese Werbung bezieht sich auf eine Abendveranstaltung in der Stadthalle. Hellwach und von Adrenalin überschüttet laufe ich dem öffentlichen Verkehrsmittel hinterher und komme schwer schnaufend an der Bushaltestelle zum Stehen.

Zum Glück hält der Bus noch eine geraume Zeit und so kann ich in aller Ruhe die Eckdaten für mich speichern. Gut gelaunt, aber etwas verspätet erreiche ich meinen Arbeitsplatz und beginne meine Routinetätigkeit. Heute geht mir alles sehr locker von der Hand, meine Kollegen sehe ich viel entspannter und die Zeit verläuft wie im Flug. Beim Nachhauseweg schlendere ich die Poststraße entlang und entwickle bereits erste Strategien, um unser Wiedersehen so zu organisieren, dass sie mich wieder erkennt und ich mit ihr weiter in Kontakt bleiben kann. Das Werbebanner auf der Bus-Seite habe ich mir ganz fest eingeprägt.

„Die bekannte Frau Dr. Phil. Galina Kasparow stellt am 18. Oktober ihr Erstlingswerk „Gefühle kennen keine Grenzen" in der Stadthalle Monopoly vor!" Heute ist der 13. Oktober und so habe ich noch fünf Tage Zeit, um an eine Karte zu kommen.

Gibt es noch Karten?

Gehe ich allein? Soll ich mich in die erste Reihe setzen? Diese und ähnliche Fragen beschäftigen mich in der nächsten Zeit doch sehr.

Ich entscheide mich, allein zu dieser Lesung zu gehen und mich im hinteren Teil des Saales zu platzieren. Reihe 24, Platz 12 steht auf meiner Eintrittskarte, die ich wie meinen Augapfel behüte aufbewahre.

Schlossallee

Bis zur Veranstaltung, die in der Stadthalle Nähe der Schlossallee stattfindet, vergnüge ich mich noch einmal sehr intensiv mit Carmen und auch meine Stimmung ist so aufgekratzt, dass sich Carmen wundert, mich in dieser ausgelassenen Form zu sehen. Die Frage nach einer Nebenbuhlerin kann ich gekonnt abwehren und begründe mein Stimmungshoch mit einer Beförderung in meinem Berufsleben. Obwohl ich diese kurzen Augenblicke mit

Carmen weiterhin voll genießen kann, sind wir an diesem Zeitpunkt nicht mehr zu zweit. Gedanklich begleitet mich meine neue intellektuelle Beziehung. Galina ist in meiner Gedankenwelt allgegenwärtig.

Meine nüchterne innere Stimme meldet sich, als ich kurz vor dem Einschlafen auf dem Rücken liegend mir mein Wiedersehen vorstelle. „Sie ist weltberühmt, du bist ein kleiner Sachbearbeiter bei einer unbedeutenden kleinen Bank.

Du glaubst doch nicht im Ernst, dass sich diese Persönlichkeit mit dir noch einmal trifft, geschweige denn ein weiteres Treffen plant"!

Diese Worte sitzen!

Auf einmal ist meine Euphorie abhanden-gekommen. Nur schwer kann ich die Nacht mit Schlafen verbringen. Diese realistische Korrektur setzt mir gewaltig zu. Mein starkes Selbstvertrauen ist von jetzt auf gleich abhanden-gekommen.

Die nächsten Tage sind von Selbstzweifel durchzogen und so steuere ich sehr unsicher auf den Abend des 18. Oktobers zu. Inmitten hunderter Menschen sitze ich auf meinem Platz und warte gespannt auf meine heimliche intellektuelle Beziehung.

Ein tosender Beifall begrüßt die weltberühmte Buchautorin, die neben der Moderatorin auf einem schlichten Stuhl mit überkreuzten Beinen sitzt. Nach einer kurzen Anmoderation beginnt Galina mit ihrer Lesung. Sofort nach den ersten Worten ist das Gefühl, das ich bei unserer ersten Begegnung hatte, wieder da. Ihre samtweiche Stimme, ihre Pausen, die sie gekonnt dem Textfeld entnommen hat, platziert sie sehr professionell und so bin ich sofort wieder in ihren Bann gezogen. Jedes Wort, die wundervoll gestalteten Passagen ihrer nicht immer leicht zu verstehenden Themen bringen nicht nur mich ins Staunen.

Das sachkundige Publikum applaudiert minutenlang und stimmungsvoll nach dem Ende ihrer exzellenten Ausführungen.

Eine riesige Menschenschar will anschließend noch eine Widmung von der Künstlerin in ihrem kurz zuvor gekauften Exemplar haben. Aufgeregt und mit feuchten Händen stelle ich mich in die lange Schlange der Wartenden, um ebenfalls eine Widmung zu erhalten. Mein Selbstbewusstsein und mein Vorhaben, sie anzusprechen, sind nicht mehr existent und so will ich schon kurz vor dem Erreichen des Tisches der Künstlerin wieder abdrehen als eine Stimme mit den Worten

„Hallo mein geheimnisvoller nächtlicher Spaziergänger, Sie haben sich ja nicht mehr bei mir gemeldet?" erklingt. Diese Worte durchschlagen mein geschundenes Innenleben so vehement, dass ich vor lauter positiven Emotionen keine klare Antwort artikulieren kann.

Etwas schwerfällig nehme ich diese Vorlage auf und signalisiere ihr meine Freude über ihre Anmache. In dem kurzen Gespräch inmitten der großen Menschenschar bietet sie mir an, mich noch zu einem Glas Wein einzuladen.

Äußerlich unbeeindruckt schieße ich innerlich einige Freuden Raketen ab. Minuten später treffen wir uns im Foyer und lassen uns mit dem Taxi in den Weinkeller an der Park Allee bringen. Die Fahrt im Taxi tut mir gut. Ich kann meine schüchterne Zurückhaltung etwas verlieren und so nutzen wir die kurzweilige Fahrzeit, um uns näherzukommen.

Der späte Abend verläuft sehr spannend und meine Neugier kann nur bedingt befriedigt werden. Ich mache bei unserem Wiedersehen einen großen Fehler. Aufgrund der Euphorie, sie wieder getroffen zu haben, spreche an dem Abend meist nur ich.

Durch diese nicht gerade geschickte Kommunikationstechnik erfährt mein Gegenüber zwar alles von mir. Nur ich leider nichts von ihr.

Mit dieser törichten Erkenntnis gehe ich dieser Nacht innerlich unruhig zu Bett. Am nächsten Tag, es ist ein Samstag, frühstücken Anna und ich gemeinsam und ausgiebig in der Diele. Obwohl alles wie immer abläuft, hat der Morgen etwas Besonderes. Die Sorgen und Nöte, die ich mir von Anna anhören muss, belasten mich heute gar nicht und so kommen wir ohne große Diskussion in den Tag. Heute gehen wir gemeinsam in die Stadt, um die täglichen Besorgungen zu tätigen.

Neben Lebensmitteln und Getränken gibt es diesmal sogar noch Blumen für den Wohnzimmertisch. Hatte ich vormals auch schon mal ein bisschen genörgelt, so ist es diesmal sehr harmonisch, da gedanklich Carmen und Galina beim Einkaufen dabei sind. Zu alledem habe ich die private Handynummer von Galina bekommen. Der ausgiebige Einkaufsbummel dauert an dem Tag etwas länger und so kommen wir erst gegen Abend wieder zuhause an.

Der Anrufbeantworter blinkt rot und so geht Anna zum Telefon. Ich erkenne schnell, dass ihre Mutter am anderen Ende der Leitung ist, und kann mich in aller Ruhe ins

Wohnzimmer zurückziehen. Hier lasse ich gedanklich meine Situation noch einmal Revue passieren. Die acht Monate, die ich mit Carmen zusammen bin, gestalteten sich organisatorisch nicht immer einfach für mich. Unzählige Lügen, unendlich viele Halbwahrheiten und ein ewig schlechtes Gewissen stehen den atemberaubenden Liebesspielen mit ihr entgegen.

Aber missen möchte ich diese aufregende Zeit auf garkeinen Fall. Was meine Verschleierungstechniken jetzt noch erschweren wird, sind die hoffentlich stattfindenden geheimen Treffen mit Galina. Zudem bin ich in letzter Zeit auch etwas sorglos mit der Situation umgegangen. Vor einer Woche fragte mich Anna, nachdem ich von Carmen nach Hause gekommen war, ob ich ein neues Deo verwende.

Ich hatte vergessen, bei meiner Liebesgöttin nach unserem Schäferstündchen noch zu duschen. Dieser Vorfall bewog mich, Anna und Carmen dasselbe Parfüm bei nächster Gelegenheit zu schenken. „Vielleicht wäre es ratsam, auch Galina bei unserem nächsten Treffen die gleiche Duftnote zu überreichen", denke ich für mich. Dieser neue Sachverhalt bringt mich in den nächsten Tagen gleich wieder in eine Zwickmühle.

Anna will shoppen, Carmen will Sex und Galina mich wiedersehen. An sich alles schöne Vorstellungen.

Mein Problem ist nur, dass sich die Damen nicht abgesprochen haben und mich alle am Mittwoch-nachmittag einfordern.

Um allen wohlwollenden Begegnungen wahrnehmen zu können, muss ich die Termine etwas abstimmen. Eines war klar! Carmen muss am längsten auf mich warten, denn nach unseren Liebesabenteuern war ich meist glückselig müde. Also gehe ich mit meiner Frau Anna zum Shoppen, signalisiere ihr beim Nachhause gehen, dass ich noch kurz an meinem Arbeitsplatz vorbeischauen müsse, um mich anschließend mit Galina zu treffen, die bereits in einem Café auf mich warte. Carmen erzähle ich, dass ich noch einen Außentermin der Bank wahrnehme und somit erst gegen 20 Uhr bei ihr eintreffen werde. Durch diese gute Organisation kann ich mich mit Galina nun über 3 Stunden bei Kaffee und Kuchen über intellektuelle Themen aus-einandersetzen.

Dass Café Nizza ist gut besucht und so können wir uns nur noch an einen kleinen Ecktisch vor einem Gemälde von Dürer setzen.

Als kleines Präsent habe ich ein kleines, schön verpacktes Fläschchen aus der Parfümerie für sie dabei. Das Wiedersehen ist bei uns beiden sehr intensiv und so kommen wir gleich ins Gespräch. Nach einer herzigen Umarmung mit angedeuteten Küsschen übergebe ich mein Präsent mit dem Hinweis und der Hoffnung, dass es ihr auch gefällt.

Mit einem bejahenden Lächeln antwortet sie auf ihre wunderbare Weise. Sie nimmt das an der Wand hängende Gemälde sofort zum Anlass, mir den Werdegang von Albrecht Dürer zu erläutern.

Mich, der mit der Malerei bisher nicht so eng verbunden war, zieht mehr die Art der Erzählung in den Bann als die Biografie.

Durch mein mehrmaliges Kopfnicken und die bejahenden Antworten gebe ich ihr das Gefühl, dass wir uns auf Augenhöhe unterhalten. Ich genieße ihre wundersamen

Formulierungen, ihre Art zu sprechen, ihre Augen, die mich mal festhalten und mir dann wieder sehr viel Leine geben.

Ich hänge an ihren Lippen, beobachte gespannt ihre Mimik und kann alles voll Aufnehmen. Das Zeitgefühl geht komplett verloren und so werden wir jäh von den Klingeltönen meines Handys aus unserer wunderbaren Gemeinsamkeit herausgerissen. Am anderen Ende ist Carmen, die mir lustvoll zu verstehen gibt, dass ich sie von der Sehnsucht der hohen Liebeskunst doch sehr schnell befreien solle.

Hafen Straße

Ich signalisiere ihr, dass ich in 10 Minuten bei ihr sein werde. Leicht enttäuscht nimmt Galina meinen spontanen Abbruch unserer traumwandelnden Begegnung an. Ihr gegenüber gebe ich meine Frau Anna als Anruferin an. Nach dem Begleichen der Rechnung bringe ich meine niveauvolle Begleiterin noch zum Taxistand in der Hafen Straße, nicht ohne mich mit ihr für die nächste Woche wieder im Café Nizza zu verabreden.

Kurz nach meiner dritten Notlüge sitze ich nun im Taxi. Sehr schnell muss ich mich aus meiner wunderbaren geistigen Verzückungsstimmung auf einen von Lust geprägten Liebesabend mit Carmen umstellen. Als ich in ihr Zimmer trete, wird mir klar, dass mir die Umstellung hervorragend gelungen ist. Auf ihren Schultern trägt sie nur ihr langes Haar. Ihr wohlgeformter Körper gibt alle

Antworten auf meine innere Gefühlswelt. Und mein Körper ist bereit, sich mit Carmens Körperwelten auseinanderzusetzen.

Das weiße Fell auf ihrem Wasserbett kommt nur selten zur Ruhe und so können wir mit den herzergreifenden Tönen Vivaldis eine wunderbare Zeit verbringen. Es ist wieder atemberaubend und einfach nur schön. Nur eines ist heute anders.

Selbst bei sehr heißen Liebesakten ist Galina in Gedanken zwischen uns. Ich mache mir keine Gedanken, da der Abend für mich sehr erfüllend ist. Als ich gegen Mitternacht nach Hause komme, schläft Anna schon fest in ihrem Bett.

An diesem Abend kann ich sofort einschlafen. Als ich am nächsten Samstag beim Bäcker bin, kommen sowohl Anna als auch Galina und Carmen auf mich zu und küssen mich sehr intensiv.

Alle Blicke der anwesenden Kunden beim Bäcker sind auf mich gerichtet und ich will mich sofort aus der verzwickten Situation befreien und schlage mit den Händen wie wild um mich. Bei dieser Aktion verletze ich mich an meinem Handgelenk, das ich mit Wucht an den Bettkasten geschlagen habe. Anna neben mir springt wie wild auf, knipst das Licht an, schaut mich mit großen Augen an und schreit:

"Was war das denn?"

Nur langsam komme ich in der Realität wieder an. „Es war ein Traum!" spreche ich erleichtert zu mir. Ich zittere am ganzen Körper und kann meiner Frau, die immer noch wie erstarrt vor mir steht, nur das eine Wort zuflüstern: „Alptraum!" Nur allmählich entspannt sich die Lage etwas und so kann ich mich langsam wiederfinden. Anna ist immer noch von meiner Aktion so geschockt, dass sie sich ihre Bettdecke nimmt und die restliche Nacht im Wohnzimmer verbringt.

Mir schießen noch viele wilde Gedanken durch den Kopf. Was wäre, wenn ich nachts zu sprechen beginnen würde und somit meiner Frau all die Fehltritte auf dem Tablett serviere?

Sehr schnell verdränge ich diesen Gedanken uns versuchte den Rest der Nacht noch einigermaßen zu schlafen. Der nächste Morgen ist von Stille geprägt. Mir ist klar, dass wenn ich mich am Morgen zu dem nächtlichen Schauspiel äußere, sofort eine emotionale, unsachliche und laute Diskussion stattfinden würde.

So schmolle ich am Frühstückstisch und finde meine Worte erst nach dem Duschen wieder. Natürlich muss ich Anna meinen wilden Ritt von gestern Nacht erklären.

Es bedarf auch diesmal einer Notlüge, indem ich ihr suggeriere, dass ich gestern im Kino einen Horrorfilm angesehen habe. Ich bin mir nicht bewusst, ob sie mir diese Geschichte abnimmt, aber für mich war dieser Traum ein weiteres Signal, mein bisheriges Leben noch besser zu organisieren.

Über das Wie habe ich noch keine Meinung. Da fällt mir mein alter Freund Norbert wieder ein. Schließlich hat er mich in diese wunderbare prekäre Situation gebracht. Zwei Tage später sitze ich bei ihm auf der Couch und berichte von meinen Erlebnissen.

„Alles richtig gemacht!" antworte er mir nach meinem Monolog über Liebe, Lüge, unlautere Machenschaften und Alpträume. Etwas überrascht nehme ich seine ärztliche

Expertise auf und versuche im Verlauf des weiteren Gespräches die Hintergründe zu erfahren, die ihn zu dieser Diagnose bewogen hatten. Er begründet es damit, dass aufgrund meines Verhaltens keine inneren Spannungen mein Seelenleben verunsichern.

Nach weiteren Erläuterungen, die alle mein Tun und Handeln rechtfertigen, verlasse ich frohen Mutes die Praxis und gehe die Poststraße entlang bis zur Bushaltestelle. Inmitten meines abendlichen Spaziergangs meldet sich meine innere Stimme.

„Du glaubst doch diesen Mist von Norbert nicht, oder bist du schon so weit abgedriftet, dass moralische Grundzüge keinen Platz mehr in deinem Leben haben?" Ich will an dem Abend nicht mit meinem Gewissen eine unendlich lange Diskussion führen und so verdränge ich diese schweren Anschuldigungen.

Viel mehr Kopfzerbrechen bereitet mir das Koordinieren meiner Freizeittermine.

Anna, Carmen und Galina will ich mehrmals in der Woche treffen, dabei war es schon schwierig, nur meine nächtlichen Eskapaden mit Carmen terminlich so zu legen, dass Anna keinen Verdacht schöpft. Normalerweise sollte die Vernunft mich wieder auf den Weg der Tugend bringen.

Erste Gedanken, mein Lotterleben zu verändern, werden jedoch von meiner Gefühlswelt jäh unterbrochen. Mittlerweile im Bus sitzend konstruiere möglich Szenarien, wie ich die neue Situation trotz aller Schwierigkeiten meistern könnte.

Das Wochenende gehört Anna und das soll auch so bleiben. Mit dem Gedanken priorisiere ich Anna. Bei den verbleibenden fünf Tagen sollte noch ein kleiner Freiraum für mich geschaffen werden. Wenn meine Damen mitspielen, würde ich den Montag und Donnerstag gerne mit Galina, den Dienstag und Freitag mit Carmen verbringen.

Durch gutes Argumentieren und einige Lügengebilde bringe ich mein Umfeld tatsächlich in meinem Wochenplan unter. Es stellt sich bei den nächsten Begegnungen heraus, dass die Ortswahl von hoher Bedeutung ist. Das Café Nizza und die Wohnung von Carmen sind im gleichen Stadtteil und da ist doch die Möglichkeit sehr groß, dass man sich mal so über den Weg läuft. So ändere ich meine gefühlvollen Treffen mit Galina.

Wir treffen uns jetzt in einer kleinen Bar am Rande des Stadtwalds.

In den gemütlich eingerichteten Räumlichkeiten spielt ein Piano Spieler dezent irische Volksweisen im Hintergrund. Die Örtlichkeit ist ideal für unsere besondere Zweisamkeit. Die tiefgreifenden Gespräche lassen uns in ein unendlich facettenreiches Labyrinth entschwinden und so kommen wir nach unseren geistigen Ausflügen nur immer sehr schwer wieder in die Realität zurück. Die notwendige Kontaktaufnahme mit der Welt macht mich meist etwas depressiv und so ist der Heimweg immer eine Herausforderung für mich.

Den erwähnten Spagat kann ich die nächsten Wochen gut durchhalten.

Das Einzige, was darunter leidet, ist mein Nervenkostüm. Bei kleinen Unsicherheiten zucke ich gleich zusammen, meine jahrelang zur Schau getragene Gelassenheit geht verloren und mein sonniges Gemüt zeigt immer öfter auch mal ein paar Wolken. Ein Anruf bei Norbert beschert mir bald eine Besserung.

Er verschreibt mir „Wohlfühlpillen", die auch bald ihre Wirkung zeigen.

So langsam kommen meine Stärken wieder zurück und das Leben zeigt sich wieder von der besten Seite. Das schlechte daran ist, dass die Wirkung der Wunder-Pille langsam nachlässt und ich immer mehr von dem Zeug benötige. Neben dem schönen Lebensgefühl versinke ich immer mehr in einer Art Trance.

Das hat zur Folge, dass ich Realität und geistiges Gedankengut nicht mehr so gut trennen kann. In den kurzen Zeiten, in denen ich die Pillen mal vergesse, fühle ich mich schlecht und mein noch existierendes Gewissen fordert mich schon massiv auf, mich von den Drogen zu trennen.

Doch mein Geist ist mittlerweile so schwach geworden und kann deshalb diesen letzten Hilferuf nicht mehr umsetzen. Auch die Meetings mit meinen wunderbaren Frauen verlieren immer mehr die emotionale Freude. Es machte jetzt keinen Unterschied mehr aus, ob ich mich mit einem Geschäftspartner oder mit Carmen oder Galina treffe. Viel mehr falle ich ins Prinzipienreiten zurück und freue mich tierisch, dass es mir gelungen ist, Galina und Carmen von der gleichen Duftnote zu überzeugen, die meine Frau Anna bereits seit Jahren benutzt.

Natürlich erkennen Carmen und Galina Veränderungen an mir und es ist gar nicht so einfach, mich aus diesen Gesprächen heraus zu mogeln.

Anna lässt sich nichts anmerken, zumindest spricht sie mich nie darauf an. Meine Träume kommen jetzt öfter und meine Leistungen im Berufsleben lassen doch sehr nach. Das hat zur Folge, dass ich mich mehrmals für Fehler rechtfertigen muss, die mir in meinem 20-jährigen Berufsleben sonst nicht unterlaufen sind.

Meine einzige große Hilfe sind die Pillen, die ich mittlerweile im Stundentakt zu mir nehme. Gemerkt habe ich mir gerade noch die Geburtstage, neben dem meiner Frau auch die von Galina und Carmen, da sie nur jeweils 10 Tage auseinander liegen.

Bereits vor Wochen hatte ich die kleinen Präsente besorgt und sie gut versteckt.

Leider sind die anschließenden Feiern mehr von Sachlichkeit geprägt und so sehe ich das Überbringen des Geburtstagsgeschenks als meinen Höhepunkt an. Carmen kann den Zustand nicht länger akzeptieren und so lädt sie mich zu einer ernsten Unterredung ein. In dem intensiv gehaltenen Gespräch schwärmt sie von unseren schönen Stunden, unseren heißen Liebesnächten und all das prickelnde Zwischendurch.

All das vermisse sie die letzten Wochen. Leider kann ich ihrem Temperament nicht mehr folgen und so muss ich resigniert feststellen, dass unsere Zeit vorbei ist. Zum Abschied nimmt sie mich noch einmal in den Arm, drückt mich sehr innig und gibt mir noch einen letzten, langanhaltenden Kuss.

Sie gesteht mir, dass ihr mein Drogenproblem seit langem bekannt sei, und Sie nicht meinen langsamen und schmerzvollen Untergang mit ansehen möchte. Durch meine verweinten Augen glaube ich jetzt sogar vor dem Lokal meine Frau Anna zu sehen. Aber der Gedanke ist wohl meinem schlechten inneren Zustand zuzuschreiben.

Mordkommission

„Ein bisschen übertreibt er schon", denke ich, als mich der Polizeipräsident bei seiner Rede anlässlich meiner Beförderung zum Kriminalhauptkommissar und der Ernennung zum Leiter der Mordkommission öffentlich als eines der großen Vorbilder im Ermittlungsdienst würdigt. Natürlich war meine Benennung nicht unumstritten, da sich ja mehrere Kollegen für den attraktiven Posten beworben hatten.

Das bekomme ich beim anschließenden Bankett auch zu spüren. Einige Kommentare haben schon mehr als zweideutige Ansätze.

Doch bei Kaffee und einem Gläschen Sekt lassen sich solche kleinen Attacken leichter ertragen. Mit dem neuen Aufgabengebiet wird sich mein Leben doch gewaltig ändern, bin ich doch jetzt für 42 Kollegen verantwortlich. Zudem hatte mein Vorgänger, Dr. Pius Mailänder, eine hervorragende Quote bei den Aufklärungen. Der weitere Tag verläuft anschließend sehr harmonisch und so komme ich relativ entspannt gegen 18 Uhr zu Hause in der Goethe Straße an.

Meine Frau Maria erkundigt sich beim anschließenden Abendessen über den Verlauf meiner Beförderung ohne großes emotionales Interesse. Und so geht dieser Tag ganz bescheiden zu Ende. Die erste Neuerung am nächsten Tag ist mein neues Büro, das sich drei Zimmer weiter befindet.

Auch das Namensschild mit der neuen Amtsbezeichnung befindet sich schon neben der Tür. „Kriminalhauptkommissar Georgsberger – Leiter der Mordkommission".

Fest entschlossen gehe ich den ersten Arbeitstag in meiner neuen Umgebung an. Nach gut drei Wochen habe ich meine Vorstellungen über ein modernes und erfolgreiches Dezernat umsetzen können. Die neuen Teams wachsen so langsam zusammen und so gehe ich sehr zuversichtlich meinen weiteren Weg. Statistisch gesehen ereignen sich in Monopoly jährlich 30 Gewalt-Delikte, von denen vier tödlich enden.

Meine Arbeit besteht jetzt mehr in den planerischen und organisatorischen Aufgaben und so kommt meine Kernkompetenz, die direkte Aufklärung von Gewaltverbrechen, etwas zu kurz. Natürlich unterstütze ich meine Kollegen nach bestem Wissen, doch wer lässt sich schon in seine Arbeit als Ermittler gerne hineinschauen. Und so verhilft mir der Zufall zu meinem ersten Fall als Chef der Mordkommission.

Unsere Teams sind alle mit ihren Gewaltdelikten beschäftigt, als ich eine Randbemerkung in der Monopolen Allgemeinen lese. „Junge Frau tot in der Straßenbahn aufgefunden"! Als Untertitel steht weitergeschrieben, dass die Todesursache unklar sei, sich jedoch keine erkennbaren Anzeichen von einer Gewalteinwirkung ergeben. Im weiteren Verlauf des Artikels wird der Notarzt mit den Worten zitiert:

„Es sind auch sonst keinerlei Anzeichen auf ein kriminelles Handeln zu erkennen. „Nach dem Erstellen des Totenscheins, bei dem als Todesursache ein plötzlicher

Herzstillstand diagnostiziert wird, wird die Leiche der Bestattungsfirma übergeben. Nach einigen Minuten des Nachdenkens lasse ich den Gedanken einer Überprüfung durch die Mordkommission wieder fallen, da die klaren Fakten ja auf der Hand liegen.

Die nächsten Tage vergehen, wie im Flug und so habe ich den Zeitungsbericht mit der jungen toten Frau schon längst vergessen, als Wochen später über einen weiteren mysteriösen Todesfall berichtet wird. Dieses Mal wird die Leiche einer weiteren jungen Frau in der Stadtbibliothek aufgefunden.

Der Bericht in der hiesigen Presse ähnelt dem der vor Wochen gefundenen Leiche. Ein anderer Notarzt, aber die gleiche Diagnose: plötzlicher Herzstillstand! Dieser Wiederholungsfund bringt mich erneut zum Nachdenken. Dieses Mal kommt aus der Tiefe meines Körpers ein Signal, das ich nicht übersehen kann. Diese innere Stimme hat mich in der Vergangenheit schon oft richtig navigiert. Um mich nicht zu blamieren, gehe ich ganz bedacht mit meinen geheimen Ermittlungen um.

Durch meine jahrelangen guten Beziehungen zur Gerichtsmedizin kann ich meinen alten Freund Dr. Berger überreden, sich die im Kühlraum befindliche Leiche mal etwas genauer anzuschauen.

Meine übergeordnete Position nutze ich aus und erwirke beim zuständigen Leiter des städtischen Krankenhauses einen Toten-Beschauungstermin mit meinem Pathologen. Sollte sich ein Anfangsverdacht herausstellen, dann werden wir den Leichnam in das Gerichtsmedizinische Institut bringen. Bei der Stippvisite wird mir erläutert, dass es sich bei der Leiche um die bekannte Buchautorin Dr. phil.

Galina Kasparow handelt. Die Verständigung ihrer Nächsten stellt sich als schwierig heraus, da sie keinerlei Papiere bei sich hat, die auf ein Verwandtschaftsverhältnis hinweisen.

Dieser Sachverhalt spielt uns in die Karten und so können Doktor Berger und ich noch einige Tage an dem toten Körper der jungen Frau nach Spuren suchen. In dem gespenstig anmutenden, kalten Raum führen die ersten Untersuchungen zu keinem anderen Ergebnis als der Notarzt im Bericht erwähnt hatte. Ein Sezieren des Körpers ist ohne richterliche Anordnung nicht möglich und so verlassen wir unverrichteter Dinge die kalte Räumlichkeit.

„Einen Versuch war es wert", mit diesen Worten rechtfertige ich meine nicht ganz legale Vorgehensweise. Auf dem Weg zur Dienststelle unterhalten wir uns sehr intensiv über die missglückte Vorgehensweise. Doktor Berger zählt mir mehrere Möglichkeiten auf, mit denen er nach weiteren Spuren suchen kann. Doch bei allen Wegen muss er das Skalpell benutzen. Nur, das ist aus bekannten Gründen nicht möglich.

Und so tauche ich wenig später wieder in meinen Berufsalltag ein.

Neben einer Besprechung im Präsidium kommt es noch zu einem Treffen mit einem Informanten in der Michaelskirche.

Den heutigen Tag beende ich zu Hause mit einem Glas Wein. Ich plaudere mit meiner Frau Annabell über die heutige Aktion im Kühlraum des Städtischen Krankenhauses. Ich lasse meinen Gedanken freien Lauf und unterbreite ihr meine Bedenken über die

Todesursache, ohne aber nur einen einzigen Beweis dafür zu haben.

„Neben der offiziellen Todesursache, dem Herzstillstand, sollten wir noch Vergiftungsdelikte im Auge behalten", spricht Annabell ganz schnoddrig zu mir. „Finde ich gut, dass du von unserem Fall sprichst, der bis jetzt gar kein Fall ist", entgegne ich ihr etwas überrascht. Anschließend spielen wir noch einige andere Szenarien durch, ohne aber auf eine plausible Erklärung zu kommen. Stunden später meldet sich meine innere Stimme, die wohl den Einwand meiner Frau Annabell aufgegriffen hat und mir die Möglichkeit eines Giftanschlags noch einmal deutlich aufzeigt.

In der verbleibenden Zeit bis zum Klingeln des Weckers spiele ich weitere Möglichkeiten durch, die zum Ableben der beiden jungen Frauen geführt haben könnten. Die Fahrt zum Präsidium mit meinem Dienstwagen wird gedanklich von meinem nächtlichen Thema überlagert. Schließlich komme ich zu dem Entschluss, dass es nur eine Möglichkeit gibt, das Rätsel zu lösen. Wir müssen die Körper von zwei Frauen obduzieren. Wie kann ich die Angehörigen dazu bewegen, uns die Genehmigungen dafür zu geben?

Mehrere gute Ansätze kommen von meiner inneren Stimme. Obwohl mein gesamter Tagesablauf voll gespickt mit wichtigen Terminen ist, lässt mich das Thema nicht mehr los.

Am Abend desselben Tages kommt mir endlich die zündende Idee. Wir müssten ein Bedrohungsszenarium aufbauen, von dem zumindest die bekannte Autorin Dr. Phil. Galina Kasparow vor ihrem Tod betroffen gewesen sein könnte. Sofort telefoniere ich mit dem Städtischen Krankenhaus, dass man mich bei der Ankunft der Eltern informieren solle.

Getragen von der guten Idee warte ich sehnsüchtig auf die Rückmeldung. Zwei Tage muss ich noch warten, bis der erhoffte Anruf endlich mein Ohr erreicht. Sehr gut vorbereitet bestreite ich den Weg in meinem Wagen zum Krankenhaus.

Dort treffe ich auf zwei sehr betroffene Menschen, denen das Schicksal ihrer Tochter sehr schwer ans Herz geht. Nur sehr langsam und mit Bedacht versuche ich die Gefühle der Betroffenen nicht zu verletzen.

Meine Geduld wird langsam auf die Probe gestellt, da sich die beiden nur schwer mit der brutalen Tatsache zurechtfinden.

Erst Stunden später komme ich in einem nahegelegenen Café in der Hauptstraße mit den Eltern von Galina zum Sprechen.

Hauptstraße

Sie erzählen mir von der Kindheit über die Studienjahre bis hin zu ihrer erfolgreichen Zeit als Doktorin und Schriftstellerin. Erst als sie ihr gesamtes Herzblut ausgeschüttet haben, komme ich so langsam an sie heran. Weit ausholend und mit der Kunst, in der Phase keine falschen Argumente zu streuen, lenke ich meinen Monolog auf die Tätigkeit als Schriftstellerin. Da sie sich mit Themen befasste, die nicht ganz unumstritten waren, könnte doch der eine oder andere schon einmal Drohbriefe an sie gerichtet haben. Ihr Vater beschreibt das Verhältnis zu seiner Tochter als gut und ausgewogen. In den letzten Jahren und mit dem Bekanntheitsgrad von Galina litt der Kontakt etwas.

Und so ist es für ihn schwer, persönliche Gründe zu finden, die meinem Verdacht weitere Nahrung geben können. Er erinnert sich nur noch vage an einen Vorfall, bei dem Galina von einem Studienkollegen sexuell belästigt wurde. Mir reicht das Argument ihres Vaters und so überrede ich Galinas Eltern, einen Strafantrag gegen Unbekannt zu stellen.

Das von mir formulierte Schriftstück wird von den beiden nach einiger Überlegung unterschrieben. Weiterhin vereinbare ich mit den beiden, dass wir die Leiche ihrer Tochter nach der kriminaltechnischen Untersuchung sofort freigeben und nach Polen überführen werden. Mit dem Antrag stehe ich am nächsten Morgen vor dem Büro des Staatanwalts und erbitte mir im Vorzimmer einen schnellen Termin.

Durch jahrelange gute Beziehungen zu der Vorzimmerdame bekomme ich sofort die Möglichkeit, mein Anliegen „an den Mann" zu bringen.

Mein zehnminütiger Monolog endet mit den Worten „nur so haben wir die Gewissheit, dass es sich hier um kein Gewaltverbrechen handelt!" Den Kopf leicht zur Seite drehend und mit einem leichten Schulterzucken, das er noch mit einem tiefen Schnaufen unterstützt, kommt vom Staatsanwalt noch keine absolute Zu-stimmung. Die zum Teil berechtigten Zweifel äußert er mir mit gerichtsrelevanten Worten. In der anschließenden Diskussion kann ich meine Punkte noch einmal darlegen und habe das Gefühl, dass sie jetzt besser ankommen. Mit den Worten "ich überlege mir die ganze Angelegenheit noch einmal und unterrichte

Sie morgen, wie wir in dem Fall weiterverfahren", beendet er unsere Unterredung. Die Hoffnung nach einer Untersuchung ist bei mir allgegenwärtig und so kommt mein alter kriminalistischer Instinkt wieder „aus der Kiste". Die darauffolgende Nacht wird von mir schon traumwandlerisch genutzt, um nach weiteren Indizien zu suchen.

Unterstützung erfahre ich durch meine innere Stimme, die mich immer wieder anspornt. Der nächste Morgen ist neblig und so dauert die Fahrt ins Büro etwas länger. Ich versuche, die Zeit zu nutzen, um auf unangenehme Fragen des Staatsanwalts immer die richtige Antwort geben zu können.

Bereits im Flur des Hauses werde ich von ihm empfangen und so gehen wir gemeinsam in sein Büro. „Hauptkommissar Georgsberger, ich glaube, dass an Ihrer Theorie doch vieles sehr glaubwürdig klingt! Ich beauftrage die Gerichtsmedizin, die Leiche der toten Frau Galina Kasparow zu obduzieren. Die weiteren Einzelheiten übernehmen

Sie!" Das sitzt bei mir und ich bin überglücklich, dass ich jetzt freie Hand habe, um das Verdachtsmoment bestätigen zu können.

Mit dem Schreiben des Staatanwalts in der Hand gehe ich in die Gerichtsmedizin und übergebe es Doktor Berger mit der Bitte, den Vorgang doch zügig zu bearbeiten. Er verspricht mir, binnen 24 Stunden die aufwendige

Untersuchung durchzuführen. In der verbleibenden Zeit widme ich mich wieder dem Alltagsgeschäft. Gegen 11 Uhr treffen alle Kommissare im Besprechungsraum ein, um über ihre Fälle zu berichten.

Die vier Gewaltdelikte werden an diesem Tag nacheinander in den Teams diskutiert und zum Teil auch neu bewertet. Ein Fall steht kurz vor der Aufklärung, die anderen Fälle gehen eher schleppend.

In einer solchen Situation braucht man einen langen Atem und Beamte, die das Ziel der Aufklärung nicht aus den Augen lassen. Aus gegebenem Anlass muss ich heute mehrmals in die Diskussion eingreifen, um keine Resignation aufkommen zu lassen. Nach zwei Stunden ist das Meeting zu Ende und so langsam leert sich der Besprechungsraum. Ohne meinen Ermittlungen vorgreifen zu wollen, gehe ich instinktiv zu meinem Kollegen Plogsties, um mit ihm über spezielle toxische Gifte zu sprechen.

Er wird immer herangezogen, wenn es um Delikte geht, bei denen Gift im Spiel ist. Nach dem Gespräch versuche ich mir ein Bild zu machen, wie ich bei einem tatsächlichen Gift-Befund weiter ermitteln kann. Der Nachmittag vergeht, ohne dass mich ein Anruf aus der Gerichtsmedizin erreicht.

Es fällt mir schwer, mich mit anderen Gedanken auseinander-zusetzen. Da kommt die Einladung meiner Frau ins Kino zu gehen zum richtigen Zeitpunkt. Die Neuverfilmung von „Im Westen nichts Neues" ist zwar eine schwere Kost, bringt mich aber sofort auf andere Gedanken. Der abendliche Heimweg bringt zwei unterschiedliche Kritiken zu Tage. Meine These, dass so ein Film die Kriegsfantasien stark einbremst, kann meine Frau nicht nachvollziehen und dementsprechend ist unser nächtlicher Spaziergang sehr kurzweilig.

Durch den Besuch im Kino hat mein Kopf zumindest für einen kurzen Augenblick einen neuen Blickwinkel bekommen, der mein Festrennen an der nicht bewiesenen Mordthese etwas entkräftet.

Der nächste Morgen im Büro bringt tatsächlich mein erhofftes Ergebnis. Sehr konzentriert lese ich auf dem Bildschirm meines Laptops die vier Seiten des Obduktionsberichts. Die gefundene Giftsubstanz konnte erst durch unterschiedliche Verfahren nachgewiesen werden.

Das Nervengift hat den Namen Britzcobalap und wird in den meisten Fällen bei Tötungsdelikten im Umfeld von Geheim-diensten eingesetzt. Die Analyse sitzt. Ist da womöglich eine große Geschichte im Hintergrund abgelaufen?

Mehr Fragen als Antworten stellen sich nach der Analyse. Soll der Militärische Abschirmdienst in die Sache mit einbezogen werden?

War Frau Dr. Phil. Galina Kasparow womöglich eine Agentin? Ich kann mich gar nicht mehr beruhigen. Nur langsam gewinne ich meine innere Sicherheit wieder. Diese Neuerung behalte ich noch eine gewisse Zeit für mich, um die Situation noch einmal zu überdenken. Da fällt mir der Zeitungsbericht mit der toten Frau in der Straßenbahn wieder ein.

Die Diagnose wurde ebenfalls mit einem plötzlichen Herzstillstand gestellt. Ich versuche an die Daten der toten Frau heranzukommen und hoffe inständig, dass sie nicht feuerbestattet wurde. Die Zeit bis zur Klärung will nicht vergehen. Solange ich noch keine Informationen über die Bestattung habe, bleibe ich ruhig und mache den Fall nicht publik.

Am nächsten Tag werde ich in der Dienststelle eine kleine Gruppe um mich scharen, die mir die fehlenden Angaben zur Täter-Bestimmung hilft zu erlangen. Dazu lade ich die Kommissare Kurz und Balbon am nächsten Morgen zu einem Gespräch in mein Büro ein. Ich versuche mit ruhigen Worten den beiden Kollegen meinen Verdacht darzulegen.

Geplant ist, dass wir, wenn sich der Verdacht der Vergiftung bei der zweiten Leiche bestätigt, einen offiziellen Haftbefehl gegen unbekannt ausstellen lassen. Über den Inhalt unseres Treffens soll zuerst einmal in der Abteilung nicht kommuniziert werden.

Nachdem alle Spuren bei der Leiche von Frau Dr. Phil. Galina Kasparow gesichert wurden, kann sie nun zur Beerdigung freigegeben werden.

Die Kommissare Balbon und Kurz ermitteln noch verdeckt zum mysteriösen Leichenfund in der Straßenbahn.

Der Name, die Adresse, der Arbeitgeber, das Bestattungsinstitut, das nähere Umfeld, die Bankkonten und das Familienverhältnis der verstorbenen Frau müssen jetzt in aller Schnelle zusammengetragen werden. Die jungen und sehr engagierten Kommissare kommen sehr schnell voran und so stehen mir am nächsten Tag alle Informationen zur Verfügung.

Elisenstraße

Die wichtigste Information, dass die Tote beerdigt wurde, gibt uns die Chance, sie zu exhumieren, um die tatsächliche Todesursache festzustellen.

Das Ausgraben der Leiche muss nachts passieren. Der Friedhof in der Elisenstraße wird hermetisch abgeriegelt und so bekommt niemand diese außergewöhnliche Aktion mit.

In der gleichen Nacht wird sie noch in die Gerichtsmedizin überführt. Dort wartet bereits Doktor Berger mit seinem Assistenten.

Nachdem sie wissen, auf welche Substanzen sie achten müssen, dauert der Vorgang kurz. Es wird nur nach der Substanz Britzcobalap gesucht. Binnen einer Stunde ist das Ergebnis da. Carmen de Mizare wurde ebenfalls mit dem Nervengift ermordet. Noch im Morgengrauen wird die exhumierte Leiche wieder an ihre alte Position zurückgebracht. Keiner der morgendlichen Kirchgänger kann erahnen, was sich in dieser Nacht auf dem Friedhof abgespielt hat.

Extrem müde und leicht frierend sitze ich um 7 Uhr an meinem Schreibtisch im Büro. Mithilfe meiner zwei Kommissare erstellen wir noch den Bericht über unsere nächtliche Action. Nach einem kurzen Frühstück treffe ich mich mit dem Staatsanwalt, um ihm die neue Sachlage zu schildern. Auf dem Weg dorthin meldet sich meine innere Stimme und spricht mit einer großen Genugtuung über den

Anfangsverdacht bis hin zur Aufklärung, zumindest der Todesursache. Mit großen Augen sieht mich der Staatsanwalt an, als ich ihm das Ergebnis unserer nächtlichen Aktion schildere.

Einige ungläubige Rückfragen kann ich spontan erklären und so sind wir uns nach einer Stunde einig, dass es sich hierbei um zwei Gewaltdelikte handelt.

Wir haben zwei Leichen, von denen wir die Todesursache kennen, aber weder haben wir ein Motiv noch einen Tatverdächtigen. Nach einer großen Pressekonferenz, bei der neben den örtlichen Medienvertretern auch Reporter von überregionalen Sendern vor Ort waren, veröffentlichte der Oberstaatsanwalt unsere Ermittlungsergebnisse. Diese Nachricht schlägt wie eine Bombe bei der Bevölkerung ein. Die Medien gießen noch mehr Öl ins Feuer, indem sie von einer Mordserie und einem Massenmörder schreiben. Der Druck auf uns Ermittler steigt ins Uferlose, denn jetzt sind Antworten gefragt, für die uns aber auch noch einige Fragen fehlen.

Mit der Bildung einer Sondereinheit versuchen wir uns in den nächsten Tagen zuerst einmal ein Bild von den beiden Taten zu machen.

Neben zwei Teams, die im Umfeld der Getöteten getrennt voneinander ermitteln, ist eine sechsköpfige Ermittlergruppe im Präsidium. Fallanalysten und Computerspezialisten komplettieren unsere Sondereinheit. Täglich um 10 Uhr treffen wir uns im Einsatzzentrum zu einem Strategiegespräch, bei dem alle Fakten zusammengetragen werden.

An zwei Schautafeln werden Beweise in Foto-Form gesammelt und zur Schau gestellt. Die Fahnder vor Ort

113

sollen die jeweiligen Umfelder der beiden Opfer ausleuchten und jedem, ich betone jedem noch so kleinen Hinweis nachgehen.

In den ersten Tagen gibt es bei unserem täglichen Meeting keine weiteren Hinweise, die auf ein Gewaltverbrechen in irgendeiner Weise hinweisen. Auf der einen Seite ist Frau Carmen de Mizare, eine lebenslustige junge Frau, bei der sich nach Befragungen im beruflichen Umfeld keine Auffälligkeiten ergaben.

Laut ihren Nachbarn erhielt sie mehrmals Männerbesuche. Einige behaupten, dass es immer der gleiche Mann war, andere wollen sich nicht auf die Aussage festlegen. Hobbies hatte sie keine und in einem Sportverein war sie auch nicht. Die Ermittlungen bringen in der ersten Woche keine Erkenntnisse, die auf eine Tat schließen lassen. Noch komplizierter ist die Aktenlage bei der getöteten Dr. Phil. Galina Kasparow.

Sie war unterm Jahr im ganzen Land unterwegs. Sie hatte wochenlange Engagements an verschiedenen Universitäten und ihre Lesungen, die sie meist nur an einem Tag in unterschiedlichen Städten hielt. Zudem war ihr Wohnsitz gar nicht in Monopoly.

Das erschwert die ganze Sache um ein Vielfaches. Die regionale Presse hält den Kessel weiter beim Kochen, indem sie immer mehr Halbwahrheiten und Verschwörungstheorien publiziert. Meine Hoffnung, den Fall tatsächlich noch aufklären zu können, schwindet immer mehr.

Die Nächte sind jetzt nicht mehr zum Schlafen da. Nein, mir schießen immer mehr Gedanken in den Kopf, ohne jedoch einen Ansatz zu erkennen, der uns weiterhelfen könnte. Am 23. Ermittlungstag entschließe ich mich, ein Phantombild von dem Gast, der Frau Carmen de Mizare offenbar mehrmals besuchte, erstellen zu lassen. Große Hoffnungen mache ich mir nicht, aber wenn man wenig an Argumenten hat, muss man mit dem Wenigen arbeiten, was man hat.

Um die Sache einfacher zu gestalten, gehe ich mit dem Zeichner und unserem Profiler zu den Nachbarn der Getöteten.

Die einen sind freundlich, andere etwas mürrisch und Dritte lassen uns gar nicht in die Wohnung. Nach anstrengenden Stunden der Befragung und dem Erstellen eines Phantombilds werten wir die neuen Fakten bis in den späten Abend aus, ohne aber ganz neue Erkenntnisse zu gewinnen.

Der einzige Hoffnungsschimmer bleibt das Bild unseres Zeichners. Am nächsten Morgen wird das Bild an alle Rundfunk- und Fernsehanstalten gegeben. Zudem wird die Zeichnung des potenziellen Täters an alle lokalen Zeitungen und Boulevardblätter gesendet. In unserem Einsatzzentrum ist jetzt große Geduld gefragt. Vorsichtshalber besetzen wir vier Leitungen mit Kollegen, die alle Anrufe in Empfang nehmen können. Neben der Tagesschau und den Heute Nachrichten strahlen auch die Privaten das Phantombild aus. Statistisch gesehen sollten über 800.000 Menschen in Monopoly das gezeichnete Bild gesehen haben.

Gegen 6 Uhr des folgenden Tages melden sich die ersten Anrufer.

Die Intensität der Anrufe steigert sich mit jeder Stunde und so ist es ein harter Job für die betroffenen Kollegen. Bis

115

zum Abend haben wir über 2.000 Hinweise bekommen, die mit den beiden Morden in Verbindung stehen. Für das übrige Team beginnt jetzt die Arbeit, den Berg von Informationen zu sichten und gewisse Tätermuster und Strukturen zu vergleichen und zu katalogisieren. Relativ schnell kristallisieren sich drei Personen heraus, die immer häufiger genannt werden.

Für uns ist es wichtig, dass wir die Anonymität der vorläufig als Verdächtige genannten Personen auf jeden Fall sicherstellen.

Nach weiteren Recherchen und Rückfragen ergeben sich als Zielobjekte folgende Personen: Herr Marvin Koslowski, wohnhaft in der Turmstraße 67a,

Herr Michael Mann, wohnhaft in der Hafenstraße 89 und Herr Francesco Rivaldo, wohnhaft in der Seestraße 46. Alle drei leben in Wohngegenden, in denen sich die sogenannte Mittelschicht etabliert hat. Unsere schwierige Aufgabe besteht darin, diesen Personenkreis 24 Stunden täglich zu beschatten.

Dafür benötigen wir eine Vielzahl von Beamten. Für ein Team benötigen wir 12 Kollegen. Jetzt müssen uns Ermittler aus anderen Bereichen zu Seite stehen. Die Suche gestaltet sich schwerer als gedacht, da wohl kein Revier Kriminalbeamte so einfach abstellt.

Doch mit der Unterstützung des Polizeipräsidenten gelingt es uns nach ein paar Tagen, drei schlagkräftige Einheiten aufzustellen.

Zeitnah muss ich beim Polizeipräsidenten antreten. Er gibt mir sehr deutlich zu verstehen, dass diese Aktion den Rahmen voll ausschöpft und wir bei keinem Erfolg nicht nur die Presse, sondern auch die innere Revision an der

Backe haben. Den vom Präsidenten aufgebauten Druck hätte ich gar nicht benötigt, da mein eigener Ehrgeiz kaum zu bremsen ist.

Der Gruppe um den Verdächtigen Marvin Koslowski steht der Kollege Kurz vor. Das zweite Ermittlungsteam leitet der Kollege Balbon, der den Beschuldigten Michael Mann als Zielobjekt hat.

Mir bleibt die dritte ins Visier gelangte Person: Herr Francesco Rivaldo. Alle drei Stunden werden die verdeckten Ermittler von Kollegen abgelöst und das bei allen drei Zielpersonen.

Eine zähe Angelegenheit in den ersten Tagen", sind meine Worte beim Polizeipräsidenten, der mich alle drei Tage zu dem Thema befragt und den Stand der Ermittlungen wissen möchte.

Nord- Bahnhof

In den folgenden Tagen gibt es keine Auffälligkeiten bei den drei Verdächtigen.

Michael Mann hat einen Kiosk an der Schillerstraße, Marvin Koslowski arbeitet bei den Fischerwerken am Nordbahnhof in Schichtdienst und der Dritte im Bunde, Francesco Rivaldo ist Angestellter bei der hiesigen Sparkasse in der Theaterstraße.

Die einzige Auffälligkeit besteht darin, dass Francesco Rivaldo sich mehrmals im Monat in der Praxis eines Psychiaters behandeln lässt. „Dies macht ihn noch lange nicht zum Mörder" entgegne ich meinem Kollegen, als er

117

mir diesen vermeintlichen Hinweis gibt. Die Beschattung dauert jetzt schon vier Wochen und wir kommen in dieser Geschichte nicht weiter.

Jetzt zehrt dieser Gedanke auch an mir und ich habe die ersten Zweifel in meiner Tätigkeit als Leitender Beamter noch der Richtige bin.

Auch die Presse schütte weiter Öl ins Feuer, indem sie neben einigen Halbwahrheiten auch einen Wechsel bei den Ermittlern fordert. Tage der Ungewissheit folgen. Die Abläufe der Verdächtigen Michael Mann und Marvin Koslowski sind so streng getaktet, dass es nur schwer vorstellbar ist, dass die beiden mit der Tat etwas zu tun haben.

Also konzentrieren wir uns auf Francesco Rivaldo. „Sein gesamtes Umfeld, alle Kontakte, sämtliche Telefonate, der Freundeskreis und vor allem der Psychiater werden jetzt noch konzentrierter von uns beackert". Mit diesen Worten rede ich mir selbst wohl am meisten Mut ein. Eine unserer neuen Ermittlungsstrategien ist das Einschleusen von zwei Beamten als Patienten bei Dr. Norbert Schneider in der Elisenstraße.

Der Arzt, auf dem jetzt unser ganzer Fokus liegt, hat eine gut gehende Praxis, in der er vermehrt Suchtkranke therapiert.

Nach kurzer Zeit können wir auch den Krankheitsverlauf von Francesco Rivaldo rekonstruieren. Nicht legal, aber unbemerkt können wir die Akte für einen Moment aus dem Aktenschrank entfernen und sie kopieren, um sie später wieder unbemerkt zurückzulegen. Auffallend für uns Ermittler ist der Zeitpunkt der Einweisung in die stationäre Psychiatrie. Der Todestag von Carmen und die Einweisung

118

geschahen am selben Tag. „Beweist noch nichts, ist aber sonderbar", mit diesen Worten kann ich unser Team wieder in die Spur bringen.

Unser Fokus liegt jetzt beim Psychiater Dr. Norbert Schneider. Er ist der Schlüssel zur Aufklärung der beiden Verbrechen. Als sehr vorteilhaft erweist sich die Überwachung seines Telefons.

Bei einer Terminvereinbarung mit unserem Haupt-verdächtigen hören wir zum ersten Mal die Worte: „Ich kann mich an die schrecklichen Tage dieser Taten nicht mehr erinnern.

Ich war so zu gedröhnt und bin erst am nächsten Tag zu mir gekommen!" Dr. Norbert Schneider versucht nun, bei seinem Patienten das Gedächtnis mit weiteren offenen Fragen zu den vermeintlichen Taten nochmals zu aktivieren.

Es gelingt ihm nicht und so endet dieses Telefonat mit einem am Boden zerstörten Patienten, der nur noch mit Weinkrämpfen das Gespräch unterbricht. Dieser Vorgang beflügelt die ganze Truppe so sehr, dass es anschließend zu spontanen und zuversichtlichen Freudegesängen kommt.

„Wie bereiten wir den Zugriff vor, ohne die Beweislast außer Acht zu lassen?"

Mit diesen Worten greift der mittlerweile anwesende Polizei-präsident nochmals in unsere laufenden Ermittlungen ein.

Eines ist klar, trotz der erdrückenden Beweislage müssen wir den Fall so weit aufklären, dass er auch vor Gericht standhält. Jetzt wird der Ring um Francesco Rivaldo weiter eingeengt und so kann er uns nicht mehr entwischen. Unsere Recherche bringt noch einen weiteren Aspekt zum

Vorschein. Der, als verheiratet gemeldete Verdächtige verlässt die gemeinsame Wohnung immer nur alleine. Es kommt der Verdacht auf, dass er seiner Frau eventuell auch etwas angetan haben könnte. Diese offene Frage klären wir zeitnah, indem wir unbemerkt in die Wohnung einsteigen und nach dem Rechten schauen. Gespannt erwarte ich am Telefon die Antwort. „Negativ!" Etwas erleichtert nehme ich diese Information zur Kenntnis und leite unmittelbar danach eine verdeckte Personen-suche nach Frau Anna Rivaldo ein.

Über das Einwohnermeldeamt Monopoly erfahren wir, dass sie sich in der Turmstraße eine Zweizimmerwohnung genommen hat. Als Familienstand hat sie getrennt lebend angegeben.

Verdächtig ist auch hier der Zeitpunkt des Wohnungswechsels. Zwei Tage nach dem ersten Mord ist sie von zuhause ausgezogen. „Ist sie eine Mittäterin?", denke ich für mich, lasse aber Minuten später den Verdacht wieder fallen.

Die Frage, die uns jetzt alle umtreibt, lautet „wann erfolgt der Zugriff?" Sollen wir weitere Informationen über die telefonische Überwachung sammeln? Reicht die bisherige Beweislage schon aus, um den Verdächtigen auch tatsächlich zu verurteilen? Ist Gefahr im Verzug? Taucht der Verdächtige unter? All diese Fragen kursieren in unserer Einsatzzentrale.

Wir verständigen uns auf ein weiteres Abhören der Telefonate zwischen Dr. Norbert Schneider und dem Beschuldigten Francesco Rivaldo. Hier erfahren wir von den nicht endenden Alpträumen des Beschuldigten. Auch eine weitere Einweisung in die Psychiatrie wird vom

Doktor weiter vorangetrieben. Dieser Schritt würde unsere Beweissuche auf einmal beenden, da wir in der Psychiatrie keine Möglichkeit haben, gegen ihn zu ermitteln. „Wir müssen dem Doktor zuvorkommen", mit dem Gedankengang leite ich für den nächsten Morgen die Verhaftung des Francesco Rivaldo an.

Mit acht Mann vom Einsatzkommando 2 stürmen wir in den frühen Morgenstunden die Wohnung im 3. Stock und überwältigen den Verdächtigen ohne große Gegenwehr. Der Staatsanwalt verliest ihm die Anklageschrift, ein Beamter legt ihm die Handschellen an und nimmt ihn mit. Die Spurenermittler nehmen jedes noch so kleine Teil in Augenschein und führen Buch über ihre Aktionen. Neben auffälliger Literatur werden auch Beutelchen mit Substanzen gefunden, die die Spurensicherung noch nicht zuordnen kann.

Die gefundenen Sachen werden registriert, mit Nummern versehen und in Spezialbehälter verstaut. Nach 3 Stunden ist der ganze Spuk beendet und wir gehen alle erleichtert in unsere Einsatzzentrale zurück. Die gegen Mittag einberufene Pressekonferenz wird vom Polizeipräsidenten geleitet.

Neben ihm sitzen der Staatsanwalt, der Pressesprecher und meine Wenigkeit. Die Pressevertreter sind in voller Zahl erschienen und so ist das Foyer des Polizeipräsidiums fast zu klein, um alle Berichterstatter unterzubringen. Die meist politisch motivierten Worte des Staatsanwalts finden bei den Reportern das meiste Interesse.

Bei der anschließenden Diskussion werden an alle anwesenden Amtsträger Fragen gestellt, die eigentlich nur in der Zukunft zu beantworten sind. Der nächste Tag verläuft in unserer Zentrale wieder etwas ruhiger. Jetzt beginnt die noch intensivere Tätigkeit unserer Sonderkommission.

Wir haben einen Mitschnitt, bei dem sich der Beschuldigte mit seinem Arzt unterhält und in dessen Verlauf es zu einer Erinnerungslücke kommt. Zudem war Francesco zum Tatzeitpunkt mutmaßlich unter Drogeneinfluss. Mit dem wenigen Beweismaterial lässt der Richter sicherlich keine Verhandlung zu.

Wir müssen konzentriert weiterarbeiten und alle neuen Sachverhalte miteinbringen. Was zu befürchten war, trifft jetzt zu.

Der Untersuchungshäftling Francesco Rivaldo wird in die Psychiatrie verlegt, da bei ihm ein enormes Entzugsverhalten festgestellt wird.

Nach Rücksprache mit dem behandelnden Amtsarzt wird der Aufenthalt voraussichtlich 2 Wochen dauern. In der Zeit müssen wir die Indizienkette schließen, sonst kann es uns passieren, dass der Haftrichter die Untersuchungshaft auflöst und wir mit leeren Händen dastehen.

Unsere drei Teams sind weiterhin im Einsatz und so legen ich und die Kommissare Balbon und Kurz folgenden Plan fest:

Team Kurz befragt das Umfeld der Wohnung Carmen de Mizare.

Da jetzt Fotos vom Tatverdächtigen gezeigt werden können, ist die Chance jemanden zu finden wesentlich größer.

Münchner Straße

Zudem werden die Überwachungskameras des gegenüberliegenden Parkhauses in der Münchner Straße ausgewertet. Team Balbon überprüft die Kulturstätten und Büchereien, in denen Dr. phil. Galina Kasparow Vorträge abgehalten und Buchlesungen durchgeführt hat. Hier schätze ich die Trefferquote wesentlich geringer ein, aber lassen wir uns überraschen.

Ich koordiniere beide Gruppen und unterstütze mit meinem Rat und vor allem mit meinen guten Beziehungen zum Staatsanwalt, der mir dann und wann ein Türchen öffnet, das normalerweise versperrt ist. Es zeichnet sich schnell eine große Übereinstimmung unter den Nachbarn ab, die Francesco Rivaldo mehrmals bei der Ermordeten gesehen haben wollen.

Laut den Befragten ging er mehrmals in der Woche in die Wohnung von Carmen. Man erinnerte sich auch an lautes Feiern und eindeutige Geräusche, die eine innige Zweierbeziehung so mit sich bringt. Mehrmals verließ der Beschuldigte erst in den frühen Morgenstunden die Wohnung.

Diese Hinweise der Bevölkerung erhärten den Verdacht, bringen die Ermittlungen aber noch nicht zum Durchbruch.

Die Kollegen der Stadtsparkasse Monopoly deuten bei der Befragung ebenfalls ein Flirtverhalten gegenüber einer Kundin an. Bei meiner Rückfrage, wie man feststellen konnte, dass am anderen Ende der Leitung nicht seine Frau war, sagte der Befragte ganz lapidar: „Mit seiner Ehefrau spricht man nicht wie ein Verliebter!" Klingt logisch, bringt mich aber nicht wesentlich weiter. Zwischenzeitlich bemüht sich der Staatanwalt weiter, den Beschuldigten wieder in Polizeigewahrsam zu bringen. Weiterhin ohne Erfolg.

Francesco Rivaldo bleibt in der Psychiatrie! Der Druck von außen hat nachgelassen, da in der Stadt andere Aktionen im Mittelpunkt stehen. Doch dieser Sachverhalt beruhigt mich nicht richtig.

Die Zeit scheint mir wegzulaufen und so hänge ich wieder in so einem Loch. Wenn die Medizin den Beschuldigten für unzurechnungsfähig hält, wird es keinen Prozess geben und Francesco Rivaldo wird bis ans Ende seines Lebens in der Psychiatrie bleiben. Für einen erfolgreichen Ermittler wäre so eine Entscheidung die Höchststrafe. Nach vielen vergeblichen Versuchen wird dem Patienten ein neues Medikament gereicht, das eine positive Prognose ermöglicht.

Mit Spannung begleite ich den Heilungsprozess und bin nach einer weiteren Woche sehr erfreut, als ich über den Staatsanwalt erfahre, dass aus dem Patienten wieder ein Untersuchungsgefangener wird. Tage später sitzt er vor mir im Verhörraum und macht einen kontrollierten Eindruck. Die einleitenden Wortwechsel sind so normal, als ob ich mich zuhause auf dem Sofa mit meiner Frau unterhalte. Auch bei der eigentlichen Befragung trifft er immer die richtigen Worte.

Selbst als ich ihn direkt auf die beiden Verbrechen anspreche, kommt keine Erregung oder Ähnliches an mein

124

Ohr. Obwohl ich geschickt die eine oder andere Falle stelle, lässt er sich nichts anmerken und antwortet sehr gelassen und ruhig.

Er gesteht, die beiden jungen Frauen gekannt zu haben. Er gibt an, dass er mit der getöteten Carmen de Mizere ein enges sexuelles Verhältnis gepflegt und diese Beziehung auch sehr genossen hat. Auch die Frage nach dem zweiten Mordopfer bejaht er.

Diese Beziehung, die sich nicht im sexuellen Bereich abspielte, beschreibt er als eine innige, leider viel zu kurze Liaison.

Unser Geist und unsere inneren Stimmen sind sehr vereint und so haben wir wunderbare Gespräche, die oft stundenlang andauern. Je länger sich die Vernehmung hinzieht, desto mehr bin ich von der Unschuld des Beschuldigten überzeugt.

Ruhig und gelassen beantwortet er alle meine Fragen. Mit vielen Fragezeichen beende ich das Verhör und entlasse den Tatverdächtigen in seine Zelle. Die ganze Nacht überlege ich, ob da irgendetwas bei der Befragung vergessen wurde.

Beim anschließenden Lesen des Protokolls kann ich auch keine Versäumnisse feststellen. Doch der nächste Tag bringt die entscheidenden Hinweise. Zuerst werden von unseren Internet-Spezialisten mysteriöse Bestellungen im Dark Net aufgefangen. Ein russischer Anbieter wird als Adressat gefunden, der alle möglichen giftigen Substanzen anbietet.

Ob es aber tatsächlich zu dem Deal gekommen ist, werden die weiteren Recherchen zeigen. Fieberhaft suchen unsere Spezialisten nach Hinweisen, die den Anfangsverdacht erhärten könnten. Das solch eine brisante Lieferung nicht per Nachnahme geschickt wird, ist uns auch klar. Aber wie gelangt ein gefährliches Päckchen aus Russland hierher? Die weiteren Untersuchungen werden noch eine geraume Zeit dauern. Parallel zu diesen Fakten bekommen wir die ersten Ergebnisse von der toxischen Untersuchung unseres Labors.

Bei den unbekannten Substanzen, die wir in der Wohnung der Ronaldos gefunden haben, ist tatsächlich der schon in geringer Menge totbringende Wirkstoff Britzcolapap vorhanden.

Diese neue Erkenntnis belastet den tatverdächtigen Francesco Rivaldo doch erheblich und so verdränge ich meine Zweifel, die ich kurz nach dem Verhör noch gehegt habe.

Mit dem neuen und eindeutigen Beweismaterial konfrontiere ich den Staatsanwalt und dränge auf eine zeitnahe Anklageschrift. Mit der Antwort, „mein lieber Georgsberger, lassen Sie mich den vollständigen Bericht des Toxikologen lesen, bevor ich so weitreichende Entscheidungen treffe" nehme ich etwas Luft aus der aufgestauten Stimmung.

Leicht frustriert nehme ich die Antwort entgegen und gehe den weiteren Spuren nach.

Um das weitere Umfeld des Angeklagten zu durchleuchten, laden wir Frau Anna Rivaldo die getrenntlebende Ehefrau, Herrn August Metternich und seinen Psychiater Herrn Dr. Norbert Schneider vor.

Nach dem Aufnehmen der Personalien biete ich der Noch-Ehefrau Anna Rivaldo einen Stuhl an. Mir gegenüber sitzt eine unsichere und nervöse Frau, Mitte 30, mit einer blassen Gesichtsfarbe. Ihre Körperhaltung zeigt kein großes Selbstvertrauen und ihre Kleidung ist in grau gehalten.

Allein die überdimensionale Brille gibt ihrem Äußeren eine gewisse Note. Ich erkläre ihr, dass ich sie als Zeuge in der Anklage gegen ihren Ehemann Francesco Rivaldo befragen werde. Aussagen, die sie selbst belasten könnten, braucht sie nicht treffen.

Das Gespräch versuche ich mit belanglosen Themen zu eröffnen. Die ersten Fragen beantwortet sie meist mit Nein oder Ja. Im weiteren Verlauf der Befragung erzählt sie mir von der schönen Zeit nach ihrer Hochzeit, die atemberaubenden Reisen, die vorbildliche Aufmerksamkeit ihres Mannes.

Sie verhehlt nicht, dass sie auf Grund von beruflichen Stresssituationen nicht immer leicht zu Händeln war und deswegen auch ärztliche Unterstützung durch einen Psychologen erfahren hat.

Die Zuneigung und Zärtlichkeiten fanden immer weniger statt. Auch die abendlichen intimen Gesprächsrunden wurden nur noch sporadisch geführt. Ihr Ehemann war zudem sehr oft beruflich unterwegs und so litt die Beziehung doch sehr. In den letzten Monaten wurde der berufliche Druck immer höher, er musste ja monatlich sein gesetztes Ziel in der Bank erfüllen. Die Tabletten, die ihm Dr. Norbert Schneider verschrieben hatte, waren im Nu verbraucht und so ist eine gewisse Abhängigkeit entstanden.

Die hohen Dosen haben seine Persönlichkeit sehr stark verändert. Streitsüchtig, rechthaberisch und jähzornig waren jetzt seine neuen Charakterzüge. „Aus diesem

Grund bin ich auch vor Wochen aus unserer gemeinsamen Wohnung ausgezogen."

Nachdem sie diesen letzten Satz beendet hat, merkt man ihr eine Erleichterung an und sie wirkt jetzt auch nicht mehr so unsicher. Auf meine Frage: „Trauen Sie Ihrem Mann einen Doppelmord zu?", hebt sie nur die Schultern und ergänzt „Bis vor einem Jahr auf jeden Fall nicht!" Minuten später hat sie den Raum verlassen und lässt mich mit einigen Fragezeichen zurück.

„Was soll ich von ihr halten?

Hat sie mir etwas vorgespielt?

Sie war so klar in der Sprache, es klang so, als hätte sie diesen Monolog gut einstudiert." Die Mittagspause bringt mich wieder auf andere Gedanken und so stehe ich in der Kantine mit einem Tablett in der Hand und suche mir ein geeignetes Essen.

Minuten später sitze ich am Tisch meiner Kollegen, löse geschickt die Haut von der Weißwurst, schneide ein mundgerechtes Stück ab und ziehe das Stück durch den auf dem Teller liegenden Senf. Genüsslich verzehre ich die zwei Paar mit einer Brezel und komme so rechtzeitig gesättigt im Büro an. Von unserer Rechtsmedizin erhalten wir die ersten Bestandteile des toxischen Gifts. Es wird über die Haut aufgenommen. Es reichen geringe Mengen, um einen Menschen zu töten. Die todbringende Substanz wandert dann über die Blutbahnen des Körpers zu den Organen.

Ist die giftige Substanz im Herzbereich angekommen, verschließt sie sofort die Herzklappen und der Betroffene ist sofort tot. „Wie lange dauert es, bis die giftige Substanz vom Hautkontakt zum Herzen wandert?" Mit der Frage

128

bringe ich unseren Toxikologen leicht in Bedrängnis. „Es gibt hierüber noch keine Erkenntnisse, da der todbringende Wirkstoff Britzcobalap noch zu wenig erforscht ist."

Zwei Frauen sterben innerhalb von drei Wochen an der gleichen Todesursache.

Wann traten die beiden Frauen mit dem Gift in Kontakt? Kannten sich die beiden Getöteten? Bei gleichzeitiger Verabreichung müsste der Verlauf in den Blutbahnen doch sehr unterschiedlich gewesen sein.

Warum?

Je weiter ich in dem Fall ermittle, desto mehr Fragezeichen stellen sich mir. Zu den Fakten: Wir haben einen Täter, bei dem die Indizienlast erdrückend ist. Auf seinem PC wurde über das Dark Net die giftige Flüssigkeit in Russland bestellt.

Bei der Hausdurchsuchung in seiner Wohnung wurden Substanzen des todbringenden Mittels zweifelsfrei gefunden. Zudem ist er drogenabhängig. Wenn ich die Daten noch ein bisschen auffrische, wird es schon für eine Mordanklage reichen.

Meine innere Stimme souffliert mir: „Ohne Geständnis wird es schwer, den Staatsanwalt dazu zu bewegen, die Anklageschrift tatsächlich weiterzugeben". Nach dem Ganzen Für und Wider entschließe ich mich, nochmal den Untersuchungshäftling Francesco Rivaldo zu verhören. Dieses Mal wird meine Ansprache wesentlich härter sein. Bei den erdrückenden Beweisen muss er doch einknicken.

Gegen 20 Uhr lasse ich den Beschuldigten aus seiner Zelle in den Verhörraum bringen. Er muss meinen Schritt geahnt haben, denn er verlangt sofort nach einem Anwalt. So verzögert sich unsere Aussprache. Der Anwalt will noch eine Akteneinsicht, die wir ihm gewähren. Aus der spontanen Befragung wird heute Abend nichts mehr und so vereinbaren wir für den nächsten Tag um 14 Uhr das Verhör.

Meine Gedanken in der Nacht sind wieder von Zweifeln befallen. „Wie, wo und wann hat er die beiden Frauen mit dem Gift kontaminiert?" Im Traum spiele ich alle auch weit hergeholten Möglichkeiten durch, um endlich auf den Punkt zu kommen.

Es hilft nicht, ich finde keinen einzigen neuen, belastbaren Tatbestand. Dr. Möllemann vertritt den Verdächtigen und steht ihm juristisch zur Seite. Francesco Rivaldo sitzt mir gegenüber.

Er war in der Zwischenzeit beim Friseur, hat einen dunkelblauen Anzug an und wirkt sehr aufgeräumt. In den nächsten 20 Minuten konfrontiere ich die Beiden mit den glasklaren Beweisen, biete dem Beschuldigten an, dass er bei einem Geständnis eine Haft Erleichterung erfahren könne.

Eine geraume Zeit ist es komplett ruhig im Raum. Zuerst sagt der Anwalt zu seinem Klienten, dass er sich zu den Vorwürfen nicht äußern müsse. Er könne die Aussage verweigern.

Nach einer kurzen Beratung zwischen den beiden äußert sich der Beschuldigte, überraschend für mich, mit den Worten: „Ich möchte antworten.

„Auf meine Frage: „Kannten sich die beiden Frauen?" Entgegnet er schnell und sicher mit:

„Nein!"

Er ergänzt die Worte noch mit dem Hinweis, dass das Verhältnis mit Carmen schon über einen Zeitraum von drei Jahren lief, sehr intensiv und rein sexueller Natur war. „Galina kannte ich erst acht Wochen und diese Beziehung lebte von unseren beiden Geisteshaltungen. Nur mit viel Mühe konnte ich ein zufälliges Treffen der Beiden und meiner Frau verhindern."

Auf meine Frage, „Wann haben Sie den beiden Frauen die giftige Substanz verabreicht, die sie im Dark Net bestellt haben?", wirkt er sehr unsicher. „Ich kenne keine giftige Substanz und habe niemandem wissentlich etwas injiziert." Mit dem Nachsatz:

„Aber warum haben wir bei Ihnen in der Wohnung genau diesen Wirkstoff gefunden, an dem die Frauen verstorben sind? „Ratlosigkeit steht in seinem Gesicht. „Das kann nicht sein, sonst wäre mir der Vorgang ja bewusst!" Ich antworte nicht und so kommt eine besondere Stimmung auf.

Nach einer gefühlten Minute schiebt er den Satz nach: „Durch den enormen Drogen- und Tablettenverzehr hatte ich in den letzten Wochen mehrmals einen Black Out. Ich lag oft mehrere Stunden völlig zugekifft in meiner Wohnung, war ohne irgendeine Orientierung und hatte zudem noch Alpträume.

Kann ich in dem Zustand im Dark Net giftige Substanzen bestellen, Herr Kriminalhauptkommissar? Diese Frage kommt sehr überraschend für mich und so entgegne ich ihm etwas barsch:

„Herr Rivaldo, wenn hier einer Fragen stellt, dann bin ich es und wie erklären Sie sich die Bestellung im Dark Net?" Doktor Möllemann bekräftigt nochmals die Aussage seines

131

Klienten, dass ein Drogen- und Tablettenabhängiger wohl nicht in der Lage sei, so umfangreiche Aktionen zu planen und letztlich auch noch umzusetzen.

Der weitere Verlauf der Vernehmung bringt uns Ermittler nicht weiter und so lösen wir die Befragung gegen 17 Uhr wieder auf.

Wenn nicht er, wer dann? Auch die weiteren Befragungen im Umfeld der Opfer bringen keine neuen Erkenntnisse. War es die getrenntlebende Ehefrau des Beschuldigten, die nach dem Erkennen der nebengeschlechtlichen Aktionen ihres Mannes selbst aktiv wurde und Carmen de Mizere mit dem Gift das Leben nahm?

Wiener Straße

Aber warum Dr. phil. Galina Kasparow? Nein, das passt nicht zusammen. Wenig später habe ich den Gedanken wieder fallen gelassen.

Das Treffen am nächsten Morgen im Büro des Staatsanwalts in der Wiener Straß3 ist von großer Unsicherheit geprägt.

Reicht die Beweislage aus, um die Anklageschrift an das Gericht weiterzuleiten? Sieht das Gericht den Fall wie wir? Mit diesen Fragen bohrt der Staatsanwalt seine Unsicherheit in mein Gewissen. Ich wiederhole den Stand der Ermittlungen. Britzcobalap das seltene Gift, das zweifelsfrei als Tatwaffe diagnostiziert wurde, ist in seiner Wohnung aufgefunden worden. Francesco Rivaldo war mit beiden Frauen sehr eng befreundet. Zeugen haben ihn

132

sowohl mit der einen als auch mit der anderen mehrmals gesehen. Der Beschuldigte war nach seiner eigenen Aussage in den vermuteten Todeszeiträumen täglich mit Drogen und Tabletten vollgepumpt. Bei ihm ergeben sich große Erinnerungslücken.

Nach einer kurzen Ruhepause kommen folgende Worte an mein Ohr: „Mir fehlt das Motiv und ein Geständnis!" Mit diesen Worten gibt mir der Staatsanwalt zu versehen, dass die Beweislage noch nicht ausreicht, um den Beschuldigten vor Gericht zu bringen. Leicht deprimiert verlasse ich das Büro des Anklagevertreters und suche nach etwas Zerstreuung.

Ich lade meine Frau zum Essen ein und so sitzen wir gegen 19 Uhr in einem gemütlich eingerichteten Speiselokal in der Innenstadt. Sehr harmonisch, fast entspannt genieße ich diesen Abend.

Ärgern kann ich mich nur über eine Überschrift einer herumliegenden Zeitung, wo in großen Lettern zu lesen ist: „Polizei tappt bei dem Doppelmord weiterhin im Dunkeln"!

Die Nacht verläuft ruhig und so gehe ich voller Zuversicht am nächsten Morgen ins Büro. Die Folgen der Stagnation in dem Fall werden mir sofort nach meiner Ankunft allgegenwärtig.

Auf Anordnung der Staatanwaltschaft wird die Sonderkommission im nächsten Monat aufgelöst. Als Grund wird mir gegenüber die abgeschlossene Faktenlage genannt.

Laut der obersten Ermittlungsbehörde sind alle relevanten Beweise gesichert. Ein weiteres Festhalten würde die an anderer Stelle dringend benötigten Beamten weiterhin binden. Ich werde weiterhin ermitteln und auch die Kommissare Kurz und Balbon stehen bei Bedarf an meiner Seite.

Das bescheidene Auftreten des Beschuldigten und die erdrückende Beweiskette stehen im krassen Widerspruch. Der Tatverdächtige bleibt aber bis auf weiteres in der Untersuchungshaft. Dies gibt mir weiterhin die Gelegenheit ihn zu verhören. Nach den vielen Szenarien, die ich in Gedanken durchspiele, muss ich den Fokus auf seine getrenntlebende Frau lenken. Gut vorbereitet gehe ich in den Verhörraum, um mich mit Francesco über seine Noch-Ehefrau zu unterhalten.

Nach mehreren misslungenen Gesprächsansätzen lenke ich das Thema geschickt auf seine Frau Anna. „Sie ist die Einzige, die außer Ihnen diese Morde begangen haben könnte!

Da Sie die Taten bestreiten, bleibt mir gar keine andere Wahl, sie als weitere Tatverdächtige zu benennen. Oder haben Sie gemeinsam die zwei Frauen getötet?"

Nicht geschockt, eher verwirrt reagiert der Untersuchungshäftling, als ich ihm meine weiteren Überlegungen darlege.

„Also meine Frau war es auf gar keinen Fall", antwortet er nach reiflicher Überlegung und schildert mir die letzten Jahre seiner Ehe, die zu Beginn eine sehr große Bereicherung für sein Leben war. Das Kennenlernen seiner späteren Liebschaft Carmen de Mizere änderte von da an alles.

„Ich war ihr hörig und so konnte ich in ihrem Beisein keinen klaren Gedanken mehr fassen. Ich wollte diese wunderbare Beziehung nicht verlieren und unternahm alles

134

Mögliche, damit unsere Liaison nicht beendet wird. Nur einmal kam ein kurzer Verdacht bei meiner Frau auf, als sie mich ansprach und mich fragte, ob ich ein neues Parfüm benutze.

Ich habe dann zeitnah zuerst Carmen und später auch Galina dasselbe Duftmittel geschenkt, das meine Frau benutzt.

Ab diesem Zeitpunkt war der Duft für meine Frau nicht mehr neu und so brauchte ich mir zumindest in dieser Richtung keine Sorgen mehr machen." „Und wenn Ihre Frau Ihnen auf die Schliche gekommen ist, Sie beschatten ließ und deshalb die Morde ausgeführt hat oder ausführen ließ?"

„Nein, auf gar keinen Fall", kommt es spontan aus seinem Mund. „Meine Frau hat sogar vor kleinen Spinnen Angst", schiebt er gleich noch hinterher. Dass er ihr diese Taten nicht zutraut, ist offensichtlich. Auf seine Drogenexzesse angesprochen, wirkt er meist unsicher. „Wie lange dauern diese Reisen ins Nirwana, und an welche Gedanken oder Utopien können Sie sich noch erinnern?" „Ich war dann schon mal für mehrere Stunden von der reellen Welt ausgeschlossen und hatte in der Zeit auch mehrmals Wahn-vorstellungen!"

„Wie äußerten die sich? Hatten Sie auch Mordgelüste?" „Diese Traumwelt war unwahrscheinlich brutal, ich war oft in Blutrausch-situationen eingebunden und habe danach immer schwer darunter gelitten. Auch konnte ich die Realität von der Traumwelt nicht mehr unterscheiden und so kam es oft zu großen Irritationen mit meinem Umfeld." „Könnten Sie sich vorstellen, dass Sie in solch ausweglosen Zuständen jemandem gegenüber Gewalt anwenden

konnten, oder zwei Frauen auf diese infame Art töten?"
„Nein, Herr Kriminalhauptkommissar!" Mir erscheint der
Gedankengang auch sehr abwegig, da man zur Ausführung
der Tat große planerische Fähigkeiten benötigte. Und
Menschen mit Alpträumen und Wahnvorstellungen
kommen da nicht in Frage. Ohne neue griffige Argumente
bekommen zu haben, breche ich das Verhör ab und schicke
den Tatverdächtigen wieder in seine Zelle.

Je länger ich mich mit dem Fall befasse, umso mehr glaube
ich an die Unschuld des Hauptverdächtigen. Obwohl alle
Beweise und Indizien gegen ihn sprechen, macht er auf
mich nicht den Eindruck eines brutalen Doppelmörders.
Mit der Erkenntnis lasse ich den Tag ausklingen und
begebe mich in den Feierabend.

Obwohl wir Gäste in unserem Wohnhaus haben, kann ich
den heutigen Tag mit der intensiven Befragung des
Beschuldigten nicht so einfach verdrängen. Die
Diskussionen über viele weltliche Themen verfolge ich nur
halbherzig, da in meinem Inneren nach wie vor das heutige
Verhör allgegenwärtig ist.

Das Einschlafen gelingt mir heute auch nicht, da die innere
Ruhe mich heute nicht so richtig unterstützt und mich mit
zu vielen offenen Fragen zurücklässt. Nach mehreren
Anläufen übermannt mich der Schlaf und so komme ich
doch noch zur Ruhe. Kurz vor dem Erwachen kommt aus
dem Inneren meines Gedankenfelds eine wegweisende
Spur.

„Das Parfüm, ja, das Parfüm" sprudelt es aus mir heraus
und meine neben mir liegende Frau fragt: „Was ist mit dem
Parfüm?" Mit „Ich habe jetzt die richtige Spur gefunden"
antworte ich auf die Frage meiner Frau und verlasse sofort

das Bett. Beseelt von dem Gedanken, endlich das Rätsel, um die Morde lösen zu können, steige ich in meinen Dienstwagen und fahre heute etwas schneller auf die Dienstelle.

Im Beisein meiner beiden Assistenten Balbon und Kurz hole ich mir das Protokoll von der gestrigen Vernehmung hervor und verweise auf die Stelle mit der Aussage des Francesco Rivaldo:

„Ich habe dann zeitnah Carmen und Galina das gleiche Parfüm geschenkt, das meine Frau bereits seit längerem benutzt."

Laut der Kriminaltechnischen Untersuchung wird das Nervengift Britzcobalap über die Haut in den Körper aufgenommen.

Das heißt, mit dem Auftragen der neuen Duftnote in der Halsgegend kommt das todbringende Sekret in die Blutbahn des Körpers. Die Kommissare Balbon und Kurz gehen sofort in die Asservatenkammer, um nach dem Fläschchen Parfüm zu suchen, um es dann kriminaltechnisch zu überprüfen.

Sehr gespannt warte ich auf die Kommissare und den Beweis, dass die tödliche Substanz in den Fläschchen nachweisbar ist. Mit leicht hängenden Schultern kommen Balbon und Kurz in mein Büro zurück und der Information, dass das Labor kein Auge auf das brisante Beweismaterial geworfen hat.

Die kleinen Fläschchen wurden nach den Wohnungsauflösungen beider Mordopfer einfach in den Müll geworfen.

Sehr deprimiert und am Boden zerstört versinke ich in meinem Sessel. Gerade heute, wo der Polizeichef eine große Pressekonferenz abhalten wird, geht unser letzter Versuch der Täterüberführung daneben. Kurz vor Mittag werde ich in das Büro des Polizeichefs beordert und sitze mit dem leitenden Staatsanwalt, einem mir nicht bekannten Mitarbeiter des Innenministeriums und dem Polizeipräsidenten an einem Tisch.

„Die Medien und die Bevölkerung sind sehr beunruhigt, dass nach so intensiver Fahndung noch keine Anklage erhoben worden ist. Die Beweiskette ist meines Erachtens eindeutig. Die tödliche Substanz wurde in der Wohnung des Hauptverdächtigen gefunden. Die Bestellung von Britzcobalap wurde ebenfalls vom PC des Beschuldigten getätigt.

Ich bin weiter der Meinung, nur weil es kein Geständnis und auch kein weitreichendes Motiv gibt, sollten wir uns nicht beirren lassen und deshalb Herrn Francesco Rivaldo den Prozess machen." Nach dem wohlwollenden Nicken meiner Mitstreiter und dem Klopfen auf den Besprechungstisch will ich noch einmal meine Bedenken gegenüber den Ausführungen äußern. „Ich bin der Meinung, dass wir es uns in dem Fall doch etwas zu leicht machen.

Wir sollten…". Weiter komme ich nicht, denn ich werde vom Staatsanwalt unterbrochen: „Herr Georgsberger, Sie hatten jetzt über drei Monate Zeit, den Fall zu 100 % aufzuklären.

Nach meiner Einschätzung reichen die Indizien aus, um den Mann zu verurteilen!" Diese subjektive Einschätzung wird zu meiner Verwunderung von allen anderen Anwesenden geteilt.

Des Weiteren werde ich noch von dem „gelösten Fall" abgezogen, um nicht noch mehr Unruhe zu stiften. Bereits am nächsten Tag liegt eine Vermisstenmeldung auf meinem Schreibtisch. Mit dieser Thematik werde ich mich nun in den nächsten Wochen befassen müssen.

Oberlandesgericht

Es ist ein regnerischer Tag, als ich mit meinem Auto von der Museum Straße kommend in die Tiefgarage des Justizgebäudes einfahre. Die Parkplätze sind wie fast immer recht knapp bemessen uns so finde ich gerade noch einen für mich.

Über zwei Treppen gelange ich sehr zügig in mein Büro, wo mir fast zeitgleich eine Tasse mit frisch gebrühtem Kaffee gereicht wird. Frau Kalatschek, meine Büroleiterin, zelebriert diesen Vorgang jeden Tag mit einer besonderen Hingabe.

Nach dem morgendlichen Plausch mit ihr nehme ich an meinem Schreibtisch Platz. Neben der täglichen Post erkenne ich heute einen weiteren Vorgang mit mehreren Aktenordnern auf meinem Konferenztisch liegen. Durch die beiden Morde, die in Monopoly in den letzten Wochen das gesamte Pressebild bestimmt haben, habe ich eine gewisse Vorahnung, was auf mich zukommen könnte. Minuten später besteht die Gewissheit, dass mich mein Gefühl nicht getäuscht hat.

Tatsächlich werde ich mit dem brisanten und öffentlich wirksamen Fall betraut. Ich liebe meinen Beruf als Richter sehr, arbeite aber lieber an Fällen, bei dem der Fokus der Öffentlichkeit nicht so dominant ist wie in dem Verfahren, das jetzt auf die große Strafkammer zukommt. Ab jetzt versuche ich die Berichterstattungen der Presse, die ich in den letzten Tagen intensiv verfolgt habe, zu vergessen, um nicht die Meinungen der Journalisten mit ihren jeweiligen Vorverurteilungen zu teilen. Das Bündel, das jetzt meinen Tisch belegt, wird mich sehr in Beschlag nehmen. Vier Stapel und 6 Leitzordner dokumentieren die beiden Todesfälle in unserer Stadt.

In meiner beruflichen Zeit ist noch nie so ein großes Interesse der Öffentlichkeit an den Tag gelegt worden. Für mich heißt das neben der Routinearbeit auch ein gewisses Umdenken.

Keine flapsigen Aussagen, keine Spekulationen, keine voreiligen Schlüsse und vor allem ein korrektes Auftreten in der Öffentlichkeit. Um mir einen gewissen Überblick zu verschaffen und das weitere Vorgehen zu besprechen, gebe ich mir noch eine geraume Vorbereitungszeit. Der weitere Tag ist geprägt von organisatorischen Dingen und so werfe ich noch keinen Blick in die brisante Aktenlage. Obwohl ich meiner Frau nichts von meiner neuen Aufgabe erzählt habe, erkennt sie bei mir sofort eine gewisse geistige Abwesenheit.

Diese zeigt sich durch das Überhören und das Ignorieren gewisser Wortpassagen. Ich bin körperlich zweifelsfrei anwesend, nur im Kopf befasse ich mich schon mit meiner neuen Aufgabe, dem kommenden Strafverfahren. Und so behalte ich mein Geheimnis nur für kurze Zeit für mich und diskutiere nach dem Abendessen meine neue Situation mit ihr.

Auch ihr sind die zwei Mordanschläge nicht verborgen geblieben und so schildert sie mir noch einmal ihre Gedankengänge zu diesem Fall. In der Vergangenheit habe ich mich bei gewisser Unsicherheit meinerseits schon mal mit ihr ausgetauscht. Als großes Problem sehe ich die Vorverurteilung durch die hiesigen Pressevertreter, die den Fall schon gelöst zu haben glauben. Nach dem ereignisreichen Tag bitte ich meine Frau nochmals inständig, niemandem davon zu erzählen, dass ich der leitende Richter der Strafkammer am Landgericht Monopoly bin.

Ich hoffe, dass sie es zumindest in den nächsten Wochen hält wird, da ihre beste Freundin Inge einem großen Verteilerring vorsteht.

Die Nacht lässt meinen Gedanken freien Lauf und so bin ich noch nicht in den Fall eingestiegen. Dass diese neue Information im Haus schnell die Runde macht, wird mir sofort nach dem Dienstantritt am nächsten Tag bewusst. Richterkollegen aus allen Abteilungen kontaktieren mich mit höchst unterschiedlichen Wünschen und Ratschlägen. Manchmal höre ich eine Art Bewunderung, andere Kommentare haben leicht zynische Ansätze und die Neider kommen auch nicht zu kurz mit ihren zweideutigen Aussagen.

„Typisch" denke ich für mich und besinne mich auf meine eigentliche Aufgabe, das Lesen der Unterlagen, die mir die Staatanwaltschaft ausgehändigt hat. Als ich nach sechs Stunden den Themenkomplex großzügig durchgearbeitet habe, komme ich zu folgenden Fakten, die in der Verhandlung wohl die entscheidende Rolle spielen werden: Kein Motiv, kein klares Geständnis, aber sehr erdrückende und klare Indizien, die den Verdächtigen wohl als Doppelmörder überführen werden.

Mit der ersten groben Einschätzung lege ich das Paket mit über 1000 Seiten ab. Neben dem Gift, das wohl im kommenden Prozess als Hauptbeweis dienen wird, lenke ich mein Interesse auf das Umfeld des Tatverdächtigen. Suche nach Gedankengängen, die den Angeklagten bewogen haben, diese Taten umzusetzen. Was ist er für ein Mensch, welche Charakterzüge prägen ihn?

Ist er vorbestraft?

Wie ist er als Arbeitskollege, als Ehemann?

All diese Fragen kreisen ab jetzt in meinem Kopf und so hoffe ich, dass neben den tatsächlichen Fakten meine innere Inspiration ein Gesamtbild entstehen lassen kann, dass zu einem gerechten Urteil führen wird. Der Prozessbeginn wird von mir auf den 28. Oktober festgelegt.

Die nächsten Tage verlaufen sehr kurzweilig. Neben den Tätigkeiten als Richter des Landgerichts mit der speziellen Strafkammer, dem Schwurgericht, werden mehrmals täglich Pressetermine vereinbart, die vom Pressesprecher der Staatsanwaltschaft ausreichend beantwortet und von mir zur Kenntnis genommen werden. Der Angeklagte, der Verteidiger, die Staatsanwaltschaft und die zahlreich erschienen Zuhörer erheben sich, als wir den Gerichtssaal betreten.

Neben mir sind die Richterkollegen Brachmann und Ritschel und die Schöffen Gewitz und Reiss anwesend. Zwei Protokollführer und ein Polizeibeamter vervollständigen den Gerichtsraum. Nach kurzer Zeit und nach mehrmaligem Klopfen bekomme ich die Aufmerksamkeit, um das Strafverfahren eröffnen zu können.

Meine Worte geben über den weiteren Verlauf der für 12 Tage anberaumten Verhandlung Auskunft. Da keine Befangenheitsanträge im Anschluss an meine Aus-

143

führungen gestellt werden, gebe ich das Wort an den Staatsanwalt ab. Nach dem Begrüßungsritual kommt der Staatsanwalt Dr. Harald Krassnitzer schnell zu seiner Anklage.

Ich nehme seine folgenden Worte sehr konzentriert auf. „Hohes Gericht, ich klage den Beschuldigten Francesco Rivaldo wegen zweifachen Mordes an. Der Beschuldigte hat aus niedrigen Beweggründen diese barbarischen Verbrechen geplant, vorbereitet und schließlich auch durchgeführt.

Wie unsere Recherchen ergeben haben, war der Betroffene bei seinen Taten nachweislich unter Drogeneinfluss. Diese Tatsache entschuldigt in keiner Weise sein Fehlverhalten. Aber beginnen wir die Taten detailliert nachzuvollziehen. Bei der kriminaltechnischen Untersuchung seines PCs konnten unsere Spezialisten vom BKA die Bestellung des letztlich zum Tode führenden Serums nachweisen. Am 24. April letzten Jahres bestellte der Beschuldigte im Dark Net das Nervengift Britzcobalap bei einem russischen Hersteller.

Diese Substanz wurde drei Wochen später an die Adresse des Angeklagten in der Seestraße geliefert. Wir konnten sogar den Fahrer des Paketdienstunternehmers ermitteln. Dieser konnte sich aber verständlicherweise nicht mehr an die besagte Tour erinnern. Warum diese tödliche Substanz dann über ein halbes Jahr im Hause Rivaldo gelagert wurde, ist uns nicht klar.

Ein mögliches Tatmotiv könnte die Aussage von Herrn Rivaldo am 12. Februar dieses Jahr bei seiner Vernehmung im Polizei-gewahrsam aufzeigen. Hier erzählte er dem Kriminalhauptkommissar Georgsberger beim Verhör, dass

144

er, Francesco Rivaldo, von seiner Frau Anna angesprochen wurde. Sie fragte ihn, ob er ein neues Parfüm benutzen würde, da sie an ihm eine ihr nicht bekannte Duftnote erkannt hatte.

Mit halbherzigen Ausreden konnte er den Verdacht von sich weisen. Ihm war schon bewusst, dass er die verräterische Duftmischung von seinem vorherigen Liebesspiel mit Frau de Mizere mit nach Hause gebracht hatte.

Dies zwang ihn zu handeln, indem er nicht nur Carmen, sondern auch Galina überredete, ihre Duftnote zu ändern. Carmen konnte er sehr schnell zu diesem neuen Schritt bewegen, wie es im weiteren Verlauf des Protokolls zu lesen ist. Galina Kasparow hinterfragte die doch ungewöhnliche Forderung an sie noch mehrmals, lenkte aber schließlich ein. Diese Handhabung gab dem Angeklagten jetzt die Gewissheit, dass von seinen Seitensprüngen keine Spuren an ihm zurückbleiben würden.

Dieser Sachverhalt wird im späteren Verlauf der Anklage noch eine wichtige Rolle spielen. Aber gehen wir im Prozess chronologisch weiter.

Neben den soeben geschilderten nebenehelichen Beziehungen veränderte sich auch in seinem Berufsleben einiges. Francesco Rivaldo wurde ein neues Sachgebiet zugewiesen, das ihm nicht so leicht von der Hand ging wie sein vorheriges.

Es entstanden immer häufiger Stresssituationen, bei denen seine Psyche mehrmals sehr leiden musste. Aber darauf kommen wir später noch einmal zurück, wenn die Kolleginnen und Kollegen im Zeugenstand ihre Aussage machen." Der Staatsanwalt verlas weiter die Anklageschrift, während meine Augen die Gestik und Mimik des Angeklagten beobachten. Francesco Rivaldo schüttelt immer wieder den leicht nach unten gerichtetem Kopf und gestikuliert mit seinen Händen bei besonderen Textpassagen des Oberstaatsanwaltes.

Neben ihm sitzt sein Anwalt Michael Steinhart, der für seine leicht provozierende Art, die er bei vorangegangen Verhandlungen mehrmals präsentiert hat, bekannt ist. Auffallend ist, dass beide, also Francesco Rivaldo und sein Anwalt Doktor Michael Steinhart die gleiche Krawatte zu einem dunkelblauen Anzug tragen.

Nachdem meine Augen durch den Gerichtssaal streifen und das große Zuschauerinteresse emotionslos aufnehmen, widme ich mich wieder den Worten des Anklägers. „Durch die sich weiter zuspitzende Situation, mit dem Verheimlichen seiner nebenehelichen Beziehungen und dem Scheitern seiner beruflichen Existenz, wandte sich der Beschuldigte an seinen Hausarzt und Psychologen Doktor Norbert Schneider.

Dr. Schneider versorgte mit zunehmender Zeit seinen Patienten Francesco Rivaldo mit Beruhigungs-medikamenten.

Im Verlauf seines weiteren Lebensabschnitts war das Sucht-empfinden bei ihm so weit ausgeprägt, dass er ohne die Drogen seinen Lebensalltag nicht mehr ordnungs-gemäß bestreiten konnte.

Das hatte zur Folge, dass er Doktor Norbert Schneider immer häufiger um seine Beruhigungspillen bat, der sie ihm auch immer anstandslos verschrieb. Der Alltag des Francesco Rivaldo musste für ihn mittlerweile zur Hölle

146

geworden sein. Mehrere Abmahnungen bei seinem Arbeitgeber, das Versteckspiel mit seiner Frau, die sich wenig später von ihm trennte und dass sich abkühlende Liebesverhältnis zu seiner Traumfrau Carmen. Die Einzige, die noch zu ihm gehalten hat, war Frau Dr. Phil Galina Kasparow.

Mit ihr konnte der Angeklagte noch über seine unglückliche Zeit reden. Sie verstand ihn weiterhin und er war von ihrer Art zu sprechen nach wie vor begeistert. Mit den Worten:

„Das Fass zum Überlaufen brachte schlussendlich der illegale Erwerb von Rauschgift im Stadtwald von diversen Dealern." ging er noch einmal sehr intensiv auf das Vernehmungsprotokoll ein, das der Kriminalhauptkommissar Georgsberger mit dem Beschuldigten geführt hatte.

Hier hatte er zugegeben, sich nach der Einnahme dieser berauschenden Substanz für mehrere Tage ohne Erinnerungsmerkmale in seiner Wohnung, in der er mittlerweile alleine lebte, aufgehalten zu haben.

Auf die Frage des Kriminalhauptkommissars, ob es möglich sein könnte, in dem schwierigen Zeitraum die edlen Fläschchen des wohlriechenden Parfüms mit der todbringenden Substanz zu vermengen, antwortete er mit den Worten: „Zu dem Zeitpunkt konnte ich keinen klaren Gedanken fassen, ich war so zu gedröhnt, dass ich über einen Zeitraum von mehreren Tagen keinerlei Erinnerung habe!"

Diese Aussage bewog den leitenden Kriminalhauptkommissar Georgsberger zu einer handschriftlichen Notiz am Rand des Protokolls: In seiner aussichtslosen Situation,

147

in der ihn seine Frau Anna verlassen, er seine Arbeitsstelle verloren und seine Liebschaften das Interesse an ihm vernachlässigt haben, ist durchaus mit einer Kurz-schlusshandlung zu rechnen gewesen. Das in der Anklageschrift aufgeführte Gift wird durch die Haut in die menschliche Blutbahn übertragen.

Wir gehen davon aus, dass der Beschuldigte beide Fläschchen zur gleichen Zeit mit dem tödlichen Gift vermengte, um sie anschließend den beiden Damen zu schenken.

Die Tatsache, dass es zwei unterschiedliche Todeszeit-punkte gibt, liegt an der unterschiedlichen Handhabung, da Carmen und Galina nicht zur gleichen Zeit ihr Parfüm aufgetragen haben. Und so lassen sich die beiden Taten, die sich Tage später ereigneten, vom Ursprung her durchaus demselben Täter zuordnen.

Seestraße

Obwohl vom Angeklagten Francesco Rivaldo kein Geständnis in den Akten steht, lediglich ein Filmriss von mehreren Tagen, wird die Staatsanwaltschaft die Anklage des Doppelmords aufrechter-halten.

Erschwerend kommt noch hinzu, dass in der Wohnung Seestraße des Beschuldigten die giftige Substanz bei der anschließenden Hausdurchsuchung gefunden wurde. Mit den Worten:

"Herr Francesco Rivaldo, wir werden Ihnen im Verfahren die beiden Tötungsdelikte nachweisen und Sie der gerechten Strafe zuführen", beendet der Oberstaatsanwalt seine Anklageschrift.

Nach einer kurzen Pause, in der sich die Anklagebank kurz, aber heftig unterhalten hat, beginne ich mit der Beweisaufnahme und rufe den ersten Zeugen des Verfahrens auf. „Herr Julian Sanke!" Der Gerichtsdiener führt den Aufgerufenen in den Zeugenstand. Nach der Überprüfung der Personalien weise ich den Zeugen darauf hin, dass er nur die Wahrheit sagen darf, außer er belastet sich selbst.

„Ihr Name ist Julian Sanke, sie sind 36 Jahre alt, verheiratet und haben mit Ihrer Frau einen dreijährigen Sohn!" Durch ein Nicken bestätigt er die Daten. „Sie sind, beziehungsweis war der Arbeitskollege des Angeklagten Francesco Rivaldo. Schildern Sie uns bitte die Zeit, die Sie zusammen mit ihm beruflich verbracht haben."

Mit ruhigen Worten schildert Herr Sanke die gemeinsame Zeit in der Stadtsparkasse Monopoly. Die ersten Jahre verliefen sehr harmonisch und Francesco war ein feiner Kollege.

Das änderte sich vor ca. zwei Jahren, als er immer häufiger Telefonanrufe erhielt, die nicht unbedingt mit der Tätigkeit eines Sachbearbeiters in der Darlehnsbearbeitung zu tun hatten. Stundenlang scherzte er am Telefon und so war es nicht verwunderlich, dass seine Arbeitsleistungen kontinuierlich nach-ließen.

Auch die Versetzung in eine andere Abteilung änderte sein Verhalten nicht wesentlich. Auch das Gemurmel der anderen Kolleginnen und Kollegen wurde immer lauter und so war es nur logisch, dass es die ersten Abmahnungen gab. Nach knappen zehn Minuten war die Schilderung vom

Zeugen Julian Sanke vorbei. Bevor der Zeuge den Stand verlässt, will der Verteidiger von Francesco Rivaldo genau wissen, wie er zu der Behauptung kommt, dass die Person an der anderen Seite des Telefons eine Frau sei. Der Zeuge antwortet fast schon etwas süffisant, dass er auch kein Kind von Traurigkeit sei und er sehr wohl erkennen kann, ob jemand mit einem Mann spricht oder mit einer Frau flirtet. Nach der Aussage entlasse ich den Zeugen und rufe als nächste Zeugin Frau Anna Rivaldo, die getrenntlebende Frau des Beschuldigten auf.

Anna Rivaldo trägt ein weinrotes Kostüm, in ihrer rechten Hand hält sie ein nicht billiges Markenprodukt eines französischen Modeherstellers als Handtäschchen. Sie ist schlank und aus ihrem nicht geschminkten Gesicht leuchten zwei auffallend hübsche blaue Augen. Nach ihrem Eintreffen im Zeugenstand lese ich die gleichen Worte wie bei ihrem Vorgänger vor.

Ergänzt wird meine Ansage noch mit dem Zusatz: "Da Sie mit dem Angeklagten noch verheiratet sind, können Sie die Aussage verweigern."

Von diesem Recht nimmt sie nicht Gebrauch und antwortet nach dem Vorlesen ihrer Identität mit klaren Worten. Sie bestätigt den Wortlaut ihres Vorredners, dass vor ca. zwei Jahren ein großer Wandel in Francescos Leben stattgefunden hat.

Zuvor war er charmant, zuvorkommend, lustig und zuverlässig. Sie sprach von ihren Problemen als Lehrerin in der Schule. Anna erkannte den Verfall ihres Gatten viel zu spät und gibt seinem Hausarzt Doktor Norbert Schneider eine gewisse Mitschuld. „Immer wenn er von der Praxis zurückkam, hatte er Ideen, die ich nicht nachvollziehen konnte. Ob es ein Besuch im Swinger Club oder ein Urlaub in einem FKK-Resort war, ich konnte mich nicht damit anfreunden."

Der Oberstaatsanwalt lässt sie die letzten Monate noch einmal rekonstruieren, stellte keine Zwischenfragen und ist nach gefühlten zehn Minuten mit der Befragung fertig. Sein Gegenüber, Verteidiger Michael Steinhart, ist mehr auf die Antworten der Zeugin fixiert.

Er stellt konkrete Fragen und lässt sich nicht von zweideutigen Antworten zufriedenstellen. Auf die Fragen, ob sie von dem Gift, das die Ermittlungsbehörden bei ihr in der Wohnung gefunden haben, gewusst hatte, und ob sie mitbekommen habe, dass ihr Ehemann Francesco im Dark Netz surft, antwortet sie überlegt mit einem klaren Nein. Sie ergänzt diese Antwort mit einer Geste, indem sie sich mit ihrer rechten Hand durch das Haar streift. Das schnelle „Nein" reicht dem jetzt sehr fordernd und dominant wirkenden Verteidiger nicht und so versucht er die Zeugin zu provozieren, indem er sagt, dass er nicht glauben kann, dass eine Frau in ihrer Küche ein Fläschchen mit chinesischen Schriftzeichen übersehen kann. Ohne eine Antwort abzuwarten, legt Verteidiger Steinhart sofort mit den Worten nach;

„Oder haben Sie, Frau Anna Rivaldo, das Gift bestellt und es in die französischen Parfüm-Fläschchen gestreut?" Mit der Nachfrage geht ein Raunen durch den bis zum letzten Platz gefüllten Gerichtssaal.

Danach ist kurz Ruhe, Anna ist von der unerwarteten Frage sehr geschockt und bricht sofort in Tränen aus. Mit einem schluchzenden "Das stimmt so nicht!" lenkt sie den Verdacht kurz von ihr ab, ohne aber den Verteidiger ihres

Mannes zu überzeugen. Den Antrag auf Vereidigung der Zeugin lehne ich später mit der Begründung ab, dass die Zeugin sich vor Gericht nicht selbst belastet. Nach der turbulenten Zwischeneinlage des Verteidigers und der Entlastung der Zeugin geht das Verfahren weiter. Nur langsam kehrt wieder eine gewisse Normalität in den Gerichtssaal zurück.

Als letzter Zeuge des ersten Verhandlungstags wird Herr Hans Neudecker in den Gerichtsaal gebeten. „Wie ich aus den Unterlagen ersehen kann, sind Sie der Nachbar des Angeklagten.

Ich bitte auch Sie, im Zeugenstand nur die Wahrheit zu erzählen. Sollten Sie sich selbst belasten, können Sie die Aussage verweigern."

Herr Neudecker erzählt vom alltäglichen Umgang im Mietshaus. Seine Ausführungen bestätigen die bisherigen Ermittlungen.

Die Rivaldos waren ein ganz normales Ehepaar, das sich ganz normal in seinem Umfeld bewegte. Da es keine Rückfragen des Staatsanwalts und des Verteidigers gibt, entlasse ich den Zeugen. Auf dem Heimweg sinniere ich noch eine geraume Weile am Steuer sitzend über die vergangenen Stunden.

„Welche Aussage oder welcher Zwischenruf sollte mich zum Nachdenken nochmals anregen?" Ohne eine Antwort zu finden, komme ich zu Hause in der Seestraße an. Nach einiger Überlegung nehme ich meine Aktentasche mit den wichtigsten Gerichtsunterlagen mit ins Haus. Bereits im Flur empfangen mich angenehme Gerüche, die ein wohlschmeckendes Abendessen erahnen lassen. Meine Vorahnung hat mich nicht enttäuscht und so sehe ich beim

152

Betreten unseres Esszimmers einen mit viel Liebe gedeckten Tisch, auf dem ich mehrere Köstlichkeiten erkennen kann.

Minuten später sitzen wir am Tisch und unterhalten uns beim Essen über den ersten Verhandlungstag bei Gericht. Meine Frau Marianne ist für mich ein emotionaler Ratgeber, indem sie mir ihre weibliche Sichtweise meist sehr eindringlich darlegt. Auch heute geht die Diskussion über das Abendessen hinaus. Sie mokiert nach meinen Schilderungen, dass ich durchaus weitere Fragen an die Ehefrau des Angeklagten stellen hätte können. Sie findet den Hinweis des Verteidigers gar nicht so abwegig, dass sie die beiden Mordanschläge geplant und ausgeführt haben könnte.

„Sie ist meiner Meinung nach viel zu einfach strukturiert, hat mit sich selbst zu tun und war zum Zeitpunkt der Taten schon nicht mehr in der gemeinsamen Wohnung." Komplett kann ich meine „Hobbykommissarin" nicht überzeugen, wechsle anschließend das Thema und muss mich so nicht weiter rechtfertigen. Dieses verbale Reingrätschen meiner Frau hat mein Gedächtnis erreicht, sodass dieses Thema mich in der Schafphase noch einmal zur Rede stellt.

Gedanklich lasse ich die Vernehmung des Verteidigers noch einmal innerlich vor mir ablaufen. „Leichte Zweifel sind durchaus angebracht", denke ich für mich, verdränge aber kurze Zeit später diese These. Am nächsten Morgen bin ich mir wieder sicher, dass meine Handlungen des gestrigen Tages korrekt waren.

Nach dem Frühstück verlasse ich unser Haus und fahre recht zuversichtlich in das Landgericht, wo im

Schwurgericht der zweite Verhandlungstag angesetzt ist. Heute kommen die Spezialisten der Spurensuche, die Analytiker, der ermittelnde Kriminalhauptkommissar, der Gerichtsmediziner und der Amtsarzt zu Wort.

Nach dem gewohnten Eröffnungsprozedere lasse ich als Ersten den Kriminalhauptkommissar Georgsberger in den Zeugenstand rufen. Aufgrund von gemeinsamen vergangenen Verfahren ist mir der Kriminalhauptkommissar bekannt und ich schätze ihn wegen seiner ruhigen und besonnenen Art.

Er bleibt in der Regel bei den Fakten und er hat auch eine gute Einschätzung zur Gesamtlage. Nach dem erforderlichen Prozedere fordere ich ihn auf, mit seinen Ausführungen zu beginnen, die zur Festnahme des Beschuldigten führten.

„Nach dem Erstellen eines Phantombildes, das wir anschließend im Umfeld der Getöteten zeigten, wurde der Gesuchte sehr schnell ermittelt. Als wir dann bei der Hausdurchsuchung die giftigen Substanzen fanden, erhärtete sich der Tatverdacht und es wurde eine Untersuchungshaft angeordnet. Bei der Auswertung seines privaten PCs konnten wir ermitteln, dass der Tatverdächtige im Dark Net genau die bei ihm in der Wohnung gefundene Giftsubstanz bestellt hat.

Mit diesen schwerwiegenden Beweisen konfrontierten wir den Beschuldigten in der Untersuchungshaft. Er stritt sowohl den Besitz der giftigen Substanz wie auch die Bestellung dieser im Dark Net konsequent ab." Mit diesen Äußerungen beendet der für die Ermittlungen zuständige Kriminalhauptkommissar seine Ausführungen. Als nächstes stellt der Oberstaatsanwalt seine Fragen an den

154

leitenden Ermittler. „Hat der Beschuldigte aufgrund der erdrückenden Beweise die Taten eingeräumt und gestanden?"

„Nicht im vollen Umfang", erwidert Georgsberger etwas überraschend. „Der Beschuldigte räumte ein, dass er über einen Zeitraum von mehreren Tagen wegen überhöhten Drogenkonsums sich an nichts mehr erinnern könne. In dem Zeitraum hätte es zumindest die Möglichkeit gegeben, das Gift in das Parfümfläschchen zu geben." "Dies ist aber nur eine Vermutung, Herr Kriminalhauptkommissar Georgsberger? "

fragt der Oberstaatsanwalt fordernd nach.

„Ja!"

Mit einem Stirnrunzeln und den Worten „ich habe keine weitere Fragen", beendet der Oberstaatsanwalt seine Ansage. Georgsberger dreht sich jetzt weiter nach rechts, sodass er dem Verteidiger des Beschuldigten direkt gegenübersitzt.

„Herr Kriminalhauptkommissar, Ihren Ausführungen bin ich gespannt gefolgt und sie klingen auch plausibel. Die einzige Unwägbarkeit stellt sich mir, wie Sie auf die Schlussfolgerung kommen, dass mein Klient angeblich im Drogenrausch eine höchst gefährliche Aktion mit einem Gift vornimmt, bei dem ein minimaler Hautkontakt bereits zum Tod führen kann.

Das verstehe ich nicht, zumal er sich in dieser Zeit in einer Traumwelt befand. Herr Kriminalhauptkommissar Georgsberger, mit ihrer These stehen sie völlig allein da. Kein Sachverständiger oder Drogenspezialist käme auf diese schräge Annahme, die nur das Ziel hat, meinen Klienten zu verurteilen." „Aber die Bestellung im Dark Net und der Fund der todbringenden Substanz in der Wohnung sind doch schwerwiegende Beweise, die man doch nicht so einfach von der Hand weisen kann!"

Mit der Antwort will sich der jetzt leicht in Bedrängnis geratene Kriminalhauptkommissar rechtfertigen. „Ich habe keine weiteren Fragen an den Zeugen", mit diesen Worten beendet der Strafverteidiger des Beschuldigten die Befragung.

Der Ermittler wird von mir aus dem Zeugenstand entlassen. Nach dem Verlassen des Beamten aus dem Gerichtssaal kommt es im Zuschauerraum zu einem lauteren Gemurmel.

Die letzte Frage des Verteidigers an den Ermittlungsbeamten stellen sich wohl auch mehrere Zuhörer. Als nächster Zeuge des Verfahrens wird der Gerichtsmediziner Doktor Seifert in den Gerichtssaal gerufen.

In einem lupenreinen Hochdeutsch berichtet der Rechtsmediziner über seine Arbeit an den beiden Frauenleichen.

Er beschreibt in kurzen Sätzen die Wirkungsweise der giftigen Substanz. Das aus den Zähnen der Australischen Nachtotter gewonnene Gift ist für den Menschen absolut tödlich.

Auch bei geringen Mengen gibt es keine Überlebenschance. Es wird über die Haut in den körperlichen Blutkreislauf aufgenommen. Dort benimmt es sich wie eine tickende Zeitbombe.

Es wird durch gewisse Blutplättchen aufgenommen und wandert so in der Blutbahn des menschlichen Körpers. In dem Moment, wenn die kontaminierten Blutplättchen die

156

erste Herzklappe erreichen, kommt es zum plötzlichen Herzstillstand und der oder die Betroffene ist sofort tot. Bei der Schilderung des Mediziners ist es gespenstisch ruhig im Gerichtssaal geworden. Die Erklärung ist so stichhaltig, dass es weder vom Oberstaatsanwalt noch vom Verteidiger des Beschuldigten Rückfragen gibt. Die nachfolgende Befragung des Amtsarztes bringt auch keine weiteren Erkenntnisse, die den Tatverlauf noch groß beeinflussen.

Und so endet der heutige zweite Verhandlungstag doch noch unspektakulär. Die heutige Sitzung bespreche ich zuhause beim Abendessen noch sehr intensiv mit meiner Frau Marianne.

Als Frau sieht sie gewisse Vorgehensweisen etwas anders. Ihr Blickwinkel sieht mehrmals ein unbedarfteres Handeln. Wir sind nur sehr selten der gleichen Meinung, schließen aber meist die richtigen Schlüsse daraus. Die etwas wässrige Aussage vom Kriminalhauptkommissar Georgsberger von heute Nachmittag über das vermeintliche Geständnis des Beschuldigten oder besser gesagt die große Gedächtnislücke des Angeklagten, kann sie nicht nachvollziehen.

„Menschen im Drogenrausch können weder klar denken noch sind sie in der Lage solch komplexe und vor allem so gefährliche Handlungen durchzuführen." „Aber ganz auszuschließen ist es auch nicht", erwidere ich ihr etwas kleinlaut.

Mir ist klar, dass ich sie mit dieser Antwort nicht umstimmen kann. Um nicht noch weiter in den Fall einzutauchen, wechsle ich geschickt das Thema und so gestaltet sich der Rest des Abends entspannt. „Ganz außer

Acht lassen sollte ich die heutige Intervention meiner Frau nicht", denke ich beim abendlichen Zähneputzen, verdränge aber später den Gedanken. Pünktlich um neun Uhr betrete ich mit meinen zwei Richtern und Schöffen den Verhandlungssaal und eröffne den dritten Verhandlungstag.

Opernplatz

Auf der heutigen Tagesordnung steht nur ein Punkt: Psychologisches Gutachten des Professors Markus Schiegg!

Er hat den Angeklagten Francesco Rivaldo mehrfach in der Unter-suchungshaft besucht und mit dem Einverständnis des Beschuldigten verschiedene medizinische und psychologische Tests durchgeführt.

Das Interesse an dem Verfahren ist nach wie vor sehr hoch, da weiterhin alle Plätze im Zuschauerbereich des Schwurgerichts im Landgericht am Opernplatz besetzt sind.

Nach der Prüfung der Vollständigkeit lasse ich den Professor Markus Schiegg in den Sitzungssaal rufen. Mir ist der von seinen Kollegen hoch angesehene Spezialist für praktische psychologische Methodik nicht bekannt. Und so beobachte ich ihn sehr konzentriert, als ich ihn nach meiner Belehrung bitte, die Regeln des Gerichts zu akzeptieren. Die Haare lang und nicht sehr gepflegt trägt der Professor eine Nickelbrille, die seinem runden Gesicht die Strenge etwas nimmt. Er spricht sehr leise, hat eine Menge von

158

Worten in seinem Portfolio, die viele Anwesende nicht richtig zuordnen können. Mit den Worten: "Herr Professor, erklären Sie uns doch bitte den Begriff in der Umgangssprache", muss ich mehrmals in seinen Monolog eingreifen.

Er beschreibt den Angeklagten als labilen, oft verspielten Einzelgänger, der einen Hang zur Selbstdarstellung nicht verleugnen kann. Seine großen Gemütsschwankungen beruhen auf einem Defizit im Kindesalter. Die Eltern, beide von Beruf Lehrer an einem Gymnasium, hatten kaum Zeit und so war er schon in jungen Jahren meist auf sich allein gestellt.

Man hat für den Heranwachsenden mehrmals eine Erziehungshilfe ins Haus geholt. Doch wechselnde Bezugspersonen im Heranwachsen erzeugen ein großes Defizit im geborgenen Bereich. „Ihm fehlte die sogenannte Nestwärme."

Mit der Aussage rundet er die Phase des pubertierenden Jungen ab. Später, bei der Ausbildung zum Sparkassen-Fachangestellten und dem Erarbeiten erster Erfolgs-erlebnisse, festigte sich seine Psyche. Der Umzug in eine eigene Wohnung und das um die Häuser Ziehen mit seinen Kumpels brachten ihm eine gefühlte Sicherheit, die er dann auch im weiteren Berufsleben gut anwenden konnte. Mehrere Beziehungen mit dem anderen Geschlecht, verbunden mit den ersten sexuellen Erfahrungen, festigten seinen eingeschlagenen Weg.

Mit dem Kennenlernen seiner jetzt getrenntlebenden Frau Anna hat die Gefühlswelt von Francesco Rivaldo eine neue Dimension erfahren. Ausgelöst durch diese Beziehung ist sein Leben noch leichter geworden und er steigerte sein

Selbstvertrauen nochmals. Nach der Hochzeit schwächte sich der Zustand etwas ab, ohne aber sich schlecht zu fühlen.

Zum Bruch seiner Psyche kam es, als er mitansehen musste, wie seine Frau Anna durch die berufliche Überlastung und den daraus entstandenen Burnout langsam aus der Bahn geworfen wurde.

Die daraus resultierende Ablehnung ihm gegenüber traf den Angeklagten Francesco Rivaldo sehr. Mit dieser neuen Situation konnte er nicht umgehen. Als sich hier auch nach Monaten keine Besserung anbahnte, entschloss er sich, seinen alten Freund Doktor Norbert Schneider anzurufen. Im vertrauten Gespräch ermunterte der Arzt Francesco, sich wieder aktiv am Leben zu beteiligen. Selbst nebeneheliche Beziehungen sollten kein Tabu sein. Dieser Schritt ist ihm sehr schnell gelungen und die außereheliche Beziehung mit Frau Carmen brachte ihn wieder in die Balance.

Ergänzt wurde seine positive Ausstrahlung noch, nachdem er später die Autorin und Dozentin Dr. Phil. Galina Kasparow kennenlernte.

Dass zwei außereheliche Beziehungen, eine psychisch gestörte Ehefrau und ein berufliches Umfeld, das immer mehr von ihm verlangte, ihn schließlich überfordern würden, war absehbar. Auf der einen Seite war das Vertuschen der außerehelichen Beziehungen, dann die ihn überfordernde Fürsorge gegenüber seiner Frau Anna und die rasant ansteigende Stresssituation in der Sparkasse. „So etwas kann man nicht auf Dauer managen, Alpträume zu Hause, völlige Überforderungen in seinem Berufsleben mit den Folgen von Abmahnungen und Kündigungsandrohungen. Dass in dem Zustand ein weiterhin florierendes Liebesleben mit Carmen und der geistige Ausgleich mit Dr. Phil. Galina Kasparow unmöglich wurde, muss doch jedem von uns klar sein. Die Folge: Tablettensucht und Drogen!

Aus diesem Teufelskreis gab es für den Betroffenen kein Entrinnen mehr und so ist es eigentlich logisch, was danach geschah."

Mit diesen Worten endet Professor Doktor Markus Schiegg, der die Koryphäe auf dem Gebiet der gerichtlichen Findungsphase bei Gewaltverbrechen mit psychologischem Hintergrund ist. Nach einer kurzen Pause wurde der Professor vom Anklagevertreter Michael Steinhart befragt. „Ihre Ausführungen waren sehr erschütternd.

Für mich stellt sich nach so vielen Unwegsamkeit eigentlich nur eine Frage: „Trauen Sie dem Angeklagten Francesco die Morde zu?" „Einem Menschen in dem Zustand traue ich eine Menge zu.

Ich bin aber nicht hier, um Recht zu sprechen, sondern möchte mit meiner Expertise zur Aufklärung der beiden schlimmen Taten beitragen. Wenn das Gericht der Meinung ist, dass meine Stellungnahme zur Urteilsfindung hilft, dann habe ich meine Aufgabe erfüllt." Mit der überraschenden Antwort bringt der Experte keine Zuordnung der schrecklichen Verbrechen. „Ich habe keine weiteren Fragen an den Zeugen."

„Ich gebe jetzt dem Verteidiger des Beschuldigten das Wort", mit den Worten lasse ich eine weitere Befragung des hochrangigen Zeugen zu. „Herr Professor Doktor Markus Schiegg, mit Ihrer letzten Aussage geben Sie den Anlass auf ein spekulatives Tatgeschehen. Sie schilderten in groben Zügen das bisherige Leben meines Klienten mit all seinen Höhen und Tiefen.

Als Resümee stellen sie die These in den Raum, dass er es gewesen sein könnte. Genauso kann ich aus Ihren Ausführungen aber herauslesen, dass er es nicht gewesen sein kann!

Deshalb meine kurze, aber klare Frage an Sie: Können Sie mit absoluter Gewissheit sagen, dass mein Klient Herr Francesco Rivaldo der Mörder von Frau Carmen de Mizere und von Frau Phil Dr. Galina Kasparow ist?" Komplette Stille ist im Raum entstanden und alle Augenpaare der anwesenden Zuschauer und Richterschaft sind auf den Professor gerichtet. „Nein, das kann ich nicht, aber …" mit einem lauten „Stopp, Herr Professor, ich habe keine weiteren Fragen!" unterbricht der Verteidiger den Sprechenden, um dieses „Nein" nicht noch zu relativieren. Nach dem spektakulären Schluss der Befragung beende ich den heutigen dritten Verhandlungtag und wünsche allen noch einen guten Heimweg.

Ich und meine beiden Richterkollegen und Schöffen treffen uns nach einer kurzen Zigarettenpause noch einmal im kleinen Sitzungssaal, um das soeben Gehörte noch einmal Revue passieren zu lassen.

Diese Zeugenaussage und die anschließenden Einwände der beiden Rechtsvertreter geben uns in den nächsten Minuten sehr viel Redebedarf. Meine zwei Schöffen machen einen leicht überforderten Eindruck und deshalb kümmere ich mich sofort um sie. „Wir als Richter bewerten die Beweislage und geben jeder für sich ein nach bestem Wissen und Gewissen abgewogenes Urteil ab. Zudem sind

162

wir inmitten eines Verfahrens, bei dem es noch gar keinen Grund gibt, sich schon jetzt festzulegen. „Da ist zum einen Frau Inge Gewitz, die weibliche Schöffin und in ihrem Berufsleben im Gesundheitsdienst tätig ist. Sie wird die Sachlage sicherlich anders einschätzen als ihr Gegenpart, der Schöffe Oskar Reiss, der in seinem bisherigen Berufswerdegang eine technische Ausbildung absolviert hat.

„Des Weiteren weise ich darauf hin, dass der heutige kurze Treff lediglich zu einer kurzen Zwischenbilanz führen soll." Richter Reiner Brachmann und Kollege Wolfgang Ritschel bestätigen mit ihren Äußerungen meinen Gedankengang.

Als entscheidender Faktor wird von mir die Frage nach dem nicht eindeutigen Geständnis des Angeklagten gestellt. Die im Protokoll festgehaltene schriftliche Passage beinhaltet lediglich eine Aussage des Tatverdächtigen, dass er unter Drogeneinfluss mehrere Tage keine Erinnerungen an seine Handlungen mehr habe. Der ermittelnde Kriminalhauptkommissar Georgsberger folgert daraus, dass in dieser Zeit die Tat begangen wurde. Dieser Gedankengang basiert nur auf der Abwägung des ermittelnden Beamten.

Deswegen setze ich große Hoffnungen auf den morgigen Verhandlungstag, an dem der Tatverdächtige im Zeugenstuhl Platz nehmen wird. Beim Heimweg sinniere ich noch eine gewisse Zeit über das heute Gehörte und bin schon gespannt auf die Fragen meiner Frau Marianne. Eine selbstgemachte Lasagne erwartet mich am heimischen Esszimmertisch. Das passende Gläschen Rotwein gibt dem gedeckten Tisch noch eine besondere Note. Genüsslich

163

verzehre ich beides. Das Essen, das sich heute etwas länger hinzieht, dient mitunter gerne mal als Themenwechsler bei gewissen strittigen Wortpassagen.

Oft hilft mir dann ihre unbefangene Art, wenn sie ohne großes Hintergrundwissen mir gegenüber ihre Denkansätze erläutert.

Heute wäre es mir besonders recht, wenn ich aus ihren Aussagen etwas Positives herausziehen könnte. Leider bleibt der Wunsch heute Abend unerfüllt. Die Nacht verläuft sehr ruhig und so gehe ich nach einem reichhaltigen Frühstück gespannt in den vierten Verhandlungstag ins Schwurgericht des Landgerichts, bei dem sich vor dem großen Eingangstor bereits eine übergroße Menschen-Schlange gebildet hat. Ohne große Vorbereitung eröffne ich Minuten später den vierten Verhandlungstag mit dem gewohnten Prozedere. Nach einigen kurzen Erläuterungen und dem Hinweis an die Zuschauerränge, sich ruhig zu verhalten, rufe ich den Hauptverdächtigen Herrn Francesco Rivaldo in den Zeugenstand.

Mit zwei, drei Schlägen auf den Richtertisch kann ich den Geräuschpegel eindämmen und mit der eigentlichen Befragung beginnen. Nach der Feststellung der Identität und dem Hinweis, dass er sich in dem Verfahren nicht selbst belasten, doch wenn er etwas sagt, es immer auch der Wahrheit entsprechen muss.

Um mir ein Bild über ihn zu verschaffen, fordere ich den Angeklagten auf, mir sein bisheriges Leben noch einmal zu schildern. Während seiner frühen Kindheit und dem Heranwachsen als Jugendlicher hatte er immer ein inniges Verhältnis zu seinen Eltern. Diese unterstützten Francesco, wo sie nur konnten, und so kam er gut durch die schwierigen pubertären Zeiten seiner Jugend. Als erfolgreicher Handballspieler und Einser-Schüler holte er sich sein leicht übertriebenes Selbstvertrauen, das ihm später bei diversen Handlungen im Beruf und im Sport oft weiterhalf.

Die Schilderung verläuft in gleicher Form weiter. Interessant wurde es erst wieder als er Anna, seine spätere Frau kennenlernte.

Mit leuchteten Augen schwärmt er von ihr und das Glück schien es sehr gut mit ihm zu meinen. Die ersten Ehejahre waren auch von großer Freude geprägt und sein Leben hatte endlich den Sinn, den er sich Jahre zuvor so gewünscht hatte. „Wahrscheinlich waren es unsere beruflichen Probleme, die die schöne Zweisamkeit zwischen uns das erste Mal zum Kippen brachten. Anna hatte einen riesigen Stress mit den jungen Heranwachsenden, die das Lehrerinnenmobbing sehr gut beherrschten und ihr von nun an keine ruhige Minute mehr gönnten.

Dieser nicht mehr auszuhaltende Zustand führte zu der Ruhestellung ihres Beamtenverhältnisses." Nach einem tiefen Durchatmen lenkt Francesco seine Worte in den von ihm gerade erwähnten Stresszeitraum bei ihm, in seine Tätigkeit bei der Sparkasse.

Als Hauptgrund prangert er die Neid-Debatte an. Keiner seiner Kollegen gönnte ihm den Erfolg als Gruppenleiter. „Gepaart mit den Problemen meiner Frau Anna entwickelten sich bei mir die ersten Depressionen. In dem hoffnungslosen Zustand habe ich mich dann an Doktor Norbert Schneider gewandt. Er ist ein alter Bekannter von mir und wir hatten uns nie ganz aus den Augen verloren. Er ermunterte mich, wieder mehr Lebenslust zu entwickeln, den „Ballast" Ehefrau hinter mir zu lassen und nach neuen Abenteuern zu suchen. Wochen später traf ich Carmen und sofort war sie wieder da: Die positive Grundstimmung und meine Zuversicht, dass sich alles wieder zum Guten wenden kann.

Sie berauschte mich vom ersten Tag an und ich schwebte im siebten Himmel. Die Freude bei ihr zu sein wechselte sich mit der Vorfreude ab, sie wieder zu treffen. Ich kannte keine Tabus mehr und mein sexuelles Leben zeigte mir ein ganz neues Liebesleben. Wunderbare Monate vergingen, in denen ich mich am Leben erfreute, dabei meine Frau aber sehr vernachlässigte. Spannungen in unsere Ehe waren die Folge.

Dann lernte ich Galina kennen. Sie öffnete mir andere Seiten des Lebens. Ihre Art zu sprechen, die Inhalte und ihr Charme zogen mich schnell in ihren Bann. Sie gab meiner Seele wieder Nahrung. Kunst, Geschichte, Besuche in den Konzertsälen erweiterten meinen geistigen Horizont enorm und so hatte ich ein immerwährendes Glücksgefühl."

„Aber wie kam es dann zu Ihrer Schieflage, wenn alle Faktoren sehr positiv waren?" „Das Vertuschen, ja das Ganze so am Laufen zu lassen, dass meine Frau Anna nichts davon erfährt.

Es gab mehrmals zufällige Begebenheiten, bei denen ich mit Carmen oder Galina unterwegs war und Anna unsere Wege mehrmals kreuzte. Mein Puls stieg bei den Situationen ins Unermessliche. Dazu noch Stress in der Arbeit. Bei den Treffen mit meinen Freundinnen hatte ich zum Schluss immer das Gefühl, dass wir beobachtet werden. Dieser Zustand brachte mich zu den Drogen. Die anfängliche Befreiung wich einige Zeit später und wurde zur Hölle.

In den Phasen des Drogenmissbrauchs war ich mehrere Tage ohne richtiges Bewusstsein und auch handlungsunfähig." „Wie hat Ihre Frau diese Situationen erlebt?" Mit der Gegenfrage will ich die Stimmung im Haus Rivaldo erkunden.

„Anna war bereits vor Wochen ausgezogen und hat meine schlimmen Exzesse nicht mehr miterlebt." „Und wie hat Ihr Arbeitgeber die ganze Sache betrachtet?" „Ich habe mich krankgemeldet und mein Hausarzt Doktor Schneider hat die benötigten Papiere ausgestellt." „In Ihrer Vernehmungsakte steht, dass Sie gestanden haben, über einen Zeitraum von ca. zehn Tagen so zu gedröhnt gewesen zu sein, dass Sie sich an nichts mehr erinnern können."

„Das ist korrekt, Herr Richter!" „Aber wie kann ich mir das vorstellen, waren Sie bewusstlos, haben Sie geschlafen, waren Sie im Drogenrausch unter Menschen?" „Ich weiß es nicht, denke aber, dass von allem wohl etwas dabei gewesen sein könnte." Nach einer kurzen Überlegung frage ich meine Richterkollegen, ob sie noch Fragen an den Angeklagten haben.

Dieser Art der weiteren Befragung kommen sie nicht nach und so lasse ich den Oberstaatsanwalt in den Zeugenstand treten.

„Das Wort gebe ich zur Befragung des Beschuldigten an den Oberstaatsanwalt Doktor Michael Steinhart." Ich lehne mich etwas zurück und versuche, mich bei der

Vernehmung etwas zu entspannen, wobei ich aber nie die Konzentration auf das Verfahren verlieren darf. Der Ankläger fordert den Beschuldigten auf, dem Gericht seine Beweggründe für die außerehelichen Beziehungen zu schildern.

Er antwortet in ruhigen Worten mit allen Einzelheiten sehr penibel ohne große Emotionen. Die mir bereits bekannten Vorgänge verfolge ich mit etwas Abstand und kann keine Abweichung vom schriftlichen Vernehmungsprotokoll feststellen.

Nach 20 Minuten ist der Monolog des Tatverdächtigen beendet. Die Wahrnehmung des soeben Gesprochenen weicht in großen Stücken von den zuvor gehörten Worten des ermittelnden Kriminalhauptkommissars Georgsberger ab.

Seestraße

„Herr Francesco Rivaldo, Sie erzählen uns, dass Sie nicht wissen, wie die giftige Substanz in Ihre Wohnung in der Seestraße gelangt ist, des Weiteren haben der ermittelnde Kriminalhauptkommissar Georgsberger und sein Team nach eingängiger Überprüfung Ihres PCs festgestellt, dass die giftige Substanz, die letztlich zu den beiden Tötungsdelikten geführt hat, von dort aus bestellt wurde!" „Nein, ich kann zu beiden Fragen keine Antwort geben. Es ist für mich unbegreiflich und nicht nachvollziehbar, wie dieses Gift in meine Wohnung gelangt und die Bestellung im Dark Net erfolgt sein könnte." „Haben Sie sich schon einmal im Dark Net angemeldet? Oder anders gefragt, sind Sie technisch in der Lage, sich im Dark Net zu bewegen?" In dem jetzt völlig ruhigen Gerichtssaal hört man ein leises „Ja!" Mit den Worten „Angeklagter Rivaldo, ich habe Sie nicht verstanden, wiederholen Sie bitte noch mal Ihre Antwort!" will der Ankläger noch einmal allen Anwesenden klarmachen, dass der Beschuldigte durchaus in der Lage war, sich im Dark Net zu bewegen. Mit einem lauten „Ja" bestätigt der Tatverdächtige noch einmal seine Antwort.

„Ich hatte für einen Freund ein altes Sammlerstück im besagten Netz erworben, um ihm ein besonderes Geschenk zu seinem 30. Geburtstag zu machen." „Um welches Geschenk handelte es sich dabei?", hakt der Oberstaatsanwalt Doktor Michael Steinhart nach. „Eine Pistole" gibt der Befragte kleinlaut zu, ergänzt aber zeitgleich, dass es sich hierbei um eine historische Waffe handle, die nicht mehr schussbereit sei.

Der Sachverhalt ist für mich neu und so notiere ich diesen nicht unerheblichen Tatbestand in meiner Gerichtsakte. Der jetzt in die Defensive gedrängte Angeklagte wirkt sehr verunsichert und so kommt der Einwand seines Verteidigers, „Einspruch euer Ehren" zur richtigen Zeit. „Dieser Vorgang, den mein Mandant vor mehr als acht Jahren begangen und soeben beschrieben hat, ist nicht mit dem Tatvorwurf in Verbindung zu bringen, da hier die Umstände ganz anders waren."

Bedingt gebe ich dem Anwalt Recht, bestehe aber darauf, dass die Aussage im Protokoll bleibt. „Wenn Sie eine so große Erinnerungslücke bei der Bestellung der giftigen Substanz haben, erhoffe ich mir etwas mehr Aufklärung bei dem Sachverhalt, dass Reste der giftigen Substanzen bei der Hausdurchsuchung Ihrer Wohnung aufgefunden wurden." „Nein, es ist für mich unvorstellbar, wie das Gift in unsere Wohnung gelangen konnte!" „Wenn dem so ist, stellt sich mir die Frage, wer hat noch einen Zutritt zu Ihrer Wohnung?"

„Niemand, ich lebte bis zur Trennung von meiner Frau allein, Freunde besuchten uns gelegentlich." Mit der Antwort kann sich der Beschuldigte nicht aus dem Fokus entziehen.

Überraschend setzt der Oberstaatsanwalt nach: „Dann muss Ihre Frau das todbringende Gift im Dark Net bestellt und es anschließend in die Parfümfläschchen verteilt haben!" „Der Gedanke kam bei mir auch für eine kurze Zeit auf", antwortet der beschuldigte Francesco Rivaldo, verwirft diese durchaus mögliche Überlegung mit den Worten, dass Anna große Probleme hatte, sich im Internet vernünftig zu bewegen.

„Ich musste ihr bei den einfachsten Dingen zu Seite stehen. Dass Anna eine Bestellung im Dark Net platzieren könnte, ist sehr abwegig und eigentlich unmöglich. Auch die These, dass sie giftige Substanzen in Parfümfläschchen bringt, ist absurd. Sie ist Pazifistin und gegen Gewalt in jeglicher Form.

Sie rettet selbst kleine Spinnen, wenn sie in unserer Wohnung eine gesehen hat. Nein, Anna als Giftmörderin kann ich mir nicht vorstellen, da sie doch mit sich selbst sehr beschäftigt war und ihre beruflichen Probleme nur selten lösen konnte.

Bei allen Möglichkeiten erscheint mir diese These als die Ausgefallenste." „Wenn dem so ist, dann bleiben nur noch

Sie als einziger Tatverdächtiger übrig!" Mit der Antwort bringt der Oberstaatsanwalt den Angeklagten wieder in den Fokus des Verfahrens.

Durch die intensive Befragung haben wir die Mittagspause um eine halbe Stunde nach hinten geschoben. „Wir werden den Prozess gegen 14 Uhr 30 fortführen und ich wünsche allen genug Zeit, um sich wieder zu sammeln". Die Zuschauer verlassen unter einem mittleren Lärmpegel den Verhandlungssaal durch das Haupttor, der Angeklagte mit zwei Justizbeamten nimmt eine Seitentür, die direkt zum Zellentrakt führt.

Am Mittagstisch verarbeiten wir das eben Gehörte, stellen selbst gewisse Thesen auf und bereiten uns auf den Nachmittag vor. Ich ermuntere meine Richterschaft, bei Unklarheiten selbst in die Befragung einzugreifen. „Zehn Ohren hören mehr als Zwei!"

Nachdem wir die wohlschmeckende Lasagne gegessen und unser Mineralwasser getrunken haben, gehen wir aus der Gerichtskantine wieder rechtzeitig in den Vorraum des Sitzungssaals.

Mit dem Öffnen der kleinen Seitentür, die direkt von unserem Richterbesprechungsraum in den Gerichtssaal führt, und dem anschließenden Aufstehen aller Anwesenden eröffne ich kurze Zeit später den zweiten Teil des heutigen Prozessverlaufs. Nach ein paar persönlichen Worten gebe ich abermals dem Oberstaatsanwalt Michael Steinhart das Wort.

Im Zeugenstand sitzt jetzt ein etwas gefestigterer Angeklagter. Sein Kopf ist nicht gesenkt und die Sitzhaltung ist wesentlich aufrechter als vor der Mittagspause. „Herr Rivaldo, durch die umfangreiche

Aktenlage und Ihre bisherigen Schilderungen ist ein Punkt für mich noch gänzlich offen: Was geschah in dem Zeitraum, an den Sie sich angeblich nicht mehr erinnern können?

Haben Sie in dem Zeitraum die grässliche Tat begangen? Ich denke, ja! Sie hatten Angst, dass Ihre Verhältnisse über kurz oder lang nicht mehr zu verheimlichen sind und Sie die Arbeitsstelle verlieren. Als drittes und für mich das Entscheidendste ist die Tatsache, dass Sie Ihre mittlerweile getrennt von Ihnen lebende Ehefrau Anna wieder zurückgewinnen wollten!"

Ganz ruhig wird es jetzt im Gerichtssaal. Alle sind gespannt, wie der Angeklagte auf, die in lauten Worten vorgetragenen Anschuldigungen des Oberstaatsanwalts reagiert. Francesco Rivaldo bricht in Tränen aus, hält sich die Hand vors Gesicht und sackt im Stuhl zusammen.

„Einspruch, euer Ehren, der Oberstaatsanwalt will meinem Mandanten falsche Tatsachen unterstellen, die er in keinster Weise begründen oder gar beweisen kann.

Ich beantrage, diese Fragestellung aus dem Protokoll zu streichen und das unzulässige Verhör des Oberstaatsanwalts Steinhart zu beenden." Mit „Ich habe keine weiteren Fragen", beendet der Oberstaats-anwalt seinen emotionalen Auftritt. Nachdem ich dem Einwand des Verteidigers gerecht werde, gebe ich wenig später das Wort an den Verteidiger für die weitere Befragung.

Er holt mit einfachen Fragen und dem Gespür seiner jahrelangen Erfahrung den Beschuldigten wieder aus der emotionalen Schräglage, thematisiert seine Fragen an seine sozialen Kompetenzen und versucht das Bild von Francesco Rivaldo wieder zurechtzurücken. Nach

172

mehreren aufbauenden Fragen, die der Angeklagte ruhig und besonnen beantwortet, stellt er die ultimative Schlussfrage "Francesco Rivaldo, haben Sie Frau Carmen de Mizere und Frau Dr. Phil. Galina Kasparow aus niedrigen Beweggründen das Leben genommen?" „Nein, ich kann mich nur wiederholen.

Warum soll ich meine liebsten Menschen töten?

Ich würde mir meine liebenswerteste Lebensgrundlage entziehen.

Nein, soweit reicht mein Vorstellungsvermögen nicht aus. Das einzige Schuldeingeständnis ist mein unkontrollierter Drogen-konsum. Sollte ich in der Zeit meines völligen Kontrollverlustes etwas Schreckliches getan haben, so ist dies nicht bewusst passiert, sondern war den Drogen geschuldet".

Nach den Worten des Angeklagten und seiner Vereidigung beschließe ich den vierten Verhandlungstag und gehe mit vielen Fragezeichen in den wohlverdienten Feierabend. Der Entscheidungsfindung bin ich heute keinen Schritt nähergekommen. Meine Zweifel bleiben weiterhin bestehen.

Theater Straße

Beim nachhause Fahren versuche ich den ereignisreichen Verhandlungstag noch einmal Revue passieren zu lassen. Da das Verkehrsaufkommen in der Theater Straße sehr zugenommen hat, werde ich mehrmals aus meiner Meinungsfindung herausgerissen und kann mein Auto

173

gerade noch mit einer Vollbremsung rechtzeitig zum Stehen bringen. Den daraus resultierenden Wortwechsel mit dem betroffenen Fahrer ignoriere ich und fahre jetzt ohne eine weitere Geistesfindung konzentriert nach Hause. Morgen steht ein Ruhetag an, bevor am letzten Verhandlungstag noch die beiden Plädoyers gehalten werden.

Was mir heute zugutekommt ist die Tatsache, dass meine Frau Marianne für ein paar Tage ihre Schwester besucht. Der Nachteil besteht nun darin, dass ich für die Mahlzeiten jetzt selbst zuständig bin. Nachdem mir die drei gebratenen Spiegeleier in der Pfanne gut gelungen sind, gehe ich mit einem Glas Rotwein und einer prall gefüllten Aktentasche in mein Arbeitszimmer, um mir noch mehr Klarheit über den Fall zu verschaffen.

Mir ist kein Fall bekannt, bei dem die Aktenlage mit den vorhandenen Indizien so klar und eindeutig ist, andererseits aber kein Motiv und keine Logik dahintersteckt. „Ist Francesco Rivaldo der eiskalte Mörder, der keine Skrupel hat, selbst seine liebsten Menschen um sich herum zu ermorden, nur um seine von ihm getrennte Frau wieder zurückzubekommen?

Nein, das passt nicht zusammen", denke ich für mich und lasse den Tag mit der offenen Frage und einem zweiten und dritten Glas Wein ausklingen.

Unsere am nächsten Morgen gegen zehn Uhr anberaumte Zusammenkunft im Landgericht beginnt pünktlich. Meine letzte Hoffnung setze ich auf meine beiden Richterkollegen und Schöffen. Wenn da heute keine neuen Impulse kommen, die den Tathergang der beiden Morde aufhellen, wird es in ein paar Tagen schwierig sein, Recht zu sprechen.

Da die Aktenlage rechtlich sehr eindeutig, moralisch und emotional aber auf sehr wackeligen Füßen steht, stehen uns einige aufreibende Stunden bevor.

Bevor wir in eine Diskussion gehen, fordere ich zuerst meinen Richter-Kollegen Reiner Brachmann auf, uns seine bisherigen Eindrücke zu schildern. Richter Brachmann legt den Hauptfokus auf eine andere Richtung, die uns allen bekannt ist, aber die noch keiner richtigen logischen Aufarbeitung unterzogen worden ist.

„Die Einzige, die ein eindeutiges Motiv hätte, wäre Francescos Frau Anna!" „Wenn sie von den Entgleisungen ihres Ehemanns gewusst hätte", entgegnet zeitgleich die Schöffin Inge Gewitz.

"Das ist klar", entgegnet Brachmann und erläutert uns seine weiteren Einschätzungen. „Sie kann das Gift über den Computer ihres Mannes bestellt haben.

Anna war unter Tags zuhause und könnte es problemlos entgegengenommen haben. Und das Einstreuen in die Parfümfläschchen sehe ich auch nicht als sehr schwierig an!" „Interessant", denke ich, halte mich aber bei der anschließenden Diskussion meist heraus. Die kontrovers und zwischenzeitlich laut geführte Debatte bringt uns letztlich auch nicht wesentlich weiter.

Für mich ist diese lebhafte Diskussion ein kleiner Gradmesser, auf wen die Sympathien meiner Schöffin und der Richterkollegen zeigen. Da es in der Rechtsprechung diese Werte nicht gibt, führe ich die Gesprächsrunde wieder in eine mehr fachlich geprägt Diskussion. „Diesen Ansatz wollen wir nicht außer Acht lassen, ich frage euch aber nach weiteren Ansätzen, die mehr Licht in die Wahrheitsfindung bringen könnten!" Die folgenden

175

Aussagen vom Schöffen Oskar Reiss und Richter Wolfgang Ritschel bestätigen die vom Oberstaatsanwalt aufgestellte These, dass Francesco Rivaldo die beiden Frauen aus niedrigen Beweggründen und zur Vertuschung der Verhältnisse gegenüber seiner Frau Anna vorsätzlich ermordet hat.

Ohne unserer Urteilsfindung näher gekommen zu sein, verlassen wir gemeinsam das Landgericht und hoffen, dass die Plädoyers des Verteidigers und das Oberstaatsanwalts am nächsten Verhandlungstag uns noch den einen entscheidenden Hinweis liefern können. Nach einer unruhigen Nacht und mit gemischten Gefühlen eröffne ich den letzten Verhandlungstag.

Heute stehen die beiden Plädoyers des Oberstaatsanwalts und der Verteidigung auf dem Programm. Nach weiteren Begrüßungsworten und dem Hinweis an die vielen Zuhörer im Gerichtssaal, sich ruhig zu verhalten, gebe ich das Wort dem Oberstaatsanwalt.

Die letzten leisen Diskussionen im Zuschauerraum verstummen, als der Oberstaatsanwalt mit seinen Worten die Anklageschrift vorliest. Der Angeklagte sitzt mit leicht verschränkten Armen und leicht nach vorne gebeugt auf der Anklagebank, als die harten Worte seine Ohren erreichen. „Hohes Gericht, die Staatsanwaltschaft fordert für den Angeklagten Francesco Rivaldo wegen Mordes in zwei Fällen lebenslängliche Haft.

Diese Forderung wird durch das Strafgesetzbuch mit dem Paragrafen 211 bekräftigt. In den folgenden Minuten werde ich beweisen, dass der auf der Anklagebank sitzende Beklagte die Taten begangen hat. Wie wir bereits im laufenden Verfahren erfahren haben, gelangten Sie nach jahrelangem „Fremdgehen" und enormen beruflichen Problemen in eine Emotionale Schieflage, aus der Sie nicht mehr entkommen konnten.

Aus Angst, Ihre Frau könnte Ihrem Doppelleben auf die Spur kommen, entschlossen Sie sich, Frau Carmen de Mizere und Dr. Phil. Galina Kasparow zu töten.

Der zeitgleich verstärkte Drogenkonsum und Ihre Wahnvorstellungen haben Sie in dieser Phase noch bestärkt, diese grausamen Taten zu begehen. Die Bestellung der tödlichen Substanzen im Dark Net, die von Ihrem privaten Computer aus platziert wurde, und das Auffinden des todbringenden Giftes in Ihrer Wohnung sind genügend Beweise, um Sie zu überführen. Dass Sie zu diesem Zeitpunkt auch noch als Drogenjunkie unterwegs waren, verstärkt unsere Annahme noch mehr!" Die kurz gehaltene Anklageschrift beruht allein auf Indizien, die aber von erheblichem Umfang waren.

Der Angeklagte sitzt regungslos neben seinem Verteidiger und verzieht keine Miene. Nach einer kurzen Pause erteile ich dem Verteidiger das Wort.

„Hohes Gericht, liebe Anwesende, der Oberstaatsanwalt hat uns in seinen Ausführungen all das noch einmal aufgeführt, was uns allen schon seit langem bekannt ist. Es ist aber nur eine Vermutung, wie er versucht hat, das Gericht zu überzeugen. Kein Motiv, kein Geständnis! Es ist richtig, dass in der Wohnung des Beklagten Beweise gefunden wurden.

Es ist richtig, dass auf dem privaten PC die Bestellung einer giftigen Substanz getätigt wurde. Es ist aber in keinem einzigen Fall nachzuweisen, dass Herr Francesco Rivaldo der Urheber dieser Beweislage ist. Vielmehr kommt die mittlerweile geschiedene Ehefrau Anna immer mehr in den Fokus. Sie ist die Einzige, die ein Motiv für die Morde hatte. Das Motiv einer hintergangenen Ehefrau ist meines Erachtens viel höher einzuschätzen als das eines überforderten Menschen, der sich gerade in einer Krise befindet. Leider ist das Gericht meiner These nicht hinreichend nachgegangen, sonst säße hier eine andere Person.

Aus diesem Grund fordere ich für meinen Mandanten einen lupenreinen Freispruch. Alles andere wäre ein großer Justizskandal." Nachdem der Verteidiger von Francesco Rivaldo seinen Monolog beendet hat, rufe ich den Angeklagten auf, die letzten Worte für heute in dem Strafverfahren zu sprechen. Mir steht ein unsicherer, mit großen Zweifeln durchsetzter Mensch gegenüber, der noch einmal mit aller Hingabe seine bewegende Lebensgeschichte darlegt.

Minutiös schildert er sein rasantes Auf und Ab, seine wunderbare Gefühlswelt, sein letztlich abgrundtiefes Berufsleben mit all seinen Facetten.

Die kurze Hoffnung, dass es wieder besser werden würde, gelang ihm nur nach der Einnahme von Drogen, die er von seinem Vertrauten Hausarzt Doktor Norbert Schneider erhalten habe.

Dieses kurze Glück konnte nicht über die restliche Zeit hinwegtäuschen, in der es ihm sehr schlecht ging. „Hohes Gericht, Herr Oberstaatsanwalt, ich bin durch das Einnehmen der Medikamente und der Rauschmittel ein völlig anderer Mensch geworden. Ich habe gelogen, gestohlen, Menschen, die mir nahestanden, sehr enttäuscht. Nur eines habe ich mit absoluter Sicherheit nicht gemacht:

ich habe weder Carmen noch Galina die giftige Substanz injiziert. Warum soll ich meinen einzigen Freudenbringern etwas antun?!

Ich würde mir doch dann den eigenen Ast absägen, auf dem ich sitze." Mit der emotionalen und eigentlich logischen Darstellung bringt der Angeklagte die Anwesenden im Gerichtssaal noch einmal zum Nachdenken. Als niemand mehr mit einem Fortführen der Schluss-Ansprache rechnet, kommt doch noch eine Erkenntnis aus seinem Mund:

„Sollte ich aufgrund meines enormen Drogenmissbrauchs doch tatsächlich mit den beiden Todesfällen etwas zu tun haben, so geschah das nicht als Vorsatz, sondern als Getriebener, der in seinen Wahnvorstellungen keine Gewalt mehr über sein Tun und Handeln hat und somit nur noch ein Spielball des Bösen ist." Mit dieser bitteren Erkenntnis lässt der Beklagte uns im Gerichtssaal zurück. Ich beende mit einigen formellen Worten endgültig die Beweisaufnahme und verweise auf den nächsten Freitag, den Tag der Urteilsverkündung.

Für uns in der Richterschaft werden es wohl sehr unruhige Tage werden, denke ich für mich. Nach einer kurzen Termin-Absprache mit meinen Schöffen und Richtern verlasse ich das Gerichtsgebäude und gehe in den wohlverdienten Feierabend.

Heute ist Zerstreuung angesagt und so verbringe ich den Abend mit meinem alten Freund Bernd, einem Theologen, der sich aber durchaus in der weltlichen Umgebung gut behaupten kann. Natürlich kann ich den heutigen Tag nicht ganz ausblenden und so kommen wir immer wieder auf die Komplexität des Falls zurück, ohne aber nur eine neue

179

Erkenntnis zu erlangen. Durch den gestrigen Abend und den zeitlichen Abstand eröffne ich sehr tiefenentspannt gegen zehn Uhr unsere heutige Findungsphase. Ich unterstreiche noch einmal bei meiner Eröffnungsrede, dass gerade bei dem Verbrechen die emotionale Seite komplett ausgeblendet werden muss.

„Wir haben unsere Vorgaben, Gesetzestexte und vergleichbare Mordprozesse, bei denen es Grundsatzurteile gegeben hat."

Mit diesen unterstützenden Worten bringe ich die Schöffen und Richter in ein längeres faktenbezogenes Gespräch. Ich halte mich vornehmlich zurück, um aus den verschiedensten Äußerungen neue Gedanken zu kreieren. Leider hilft mir diese Art der Wahrheitsfindung nicht weiter und so gehen wir spät am Abend ohne ein brauchbares Ergebnis auseinander.

Richter Reiner Brachmann und Schöffin Inge Gewitz halten Francesco Rivaldo weiterhin für einen skrupellosen Mörder, der seine Liebschaften auf so tückische Art und Weise zu Tode gebracht hat. Schöffe Oskar Reiss und Richter Wolfgang Ritschel gewinnen den Argumenten des Verteidigers doch einiges ab.

Mit den nicht gerade idealen Voraussetzungen kommunizieren wir am nächsten Tag über weitere Möglichkeiten, wie wir den Fall zu einem aktenfesten Urteil abschließen.

Je weiter unsere Besprechungen fortgeschritten sind, desto mehr drehen wir uns im Kreis. Keine neuen Erkenntnisse, nach wie vor kein eindeutiges Motiv und vor allem kein Geständnis. Diese Sammlung von Fakten würde auf einen Freispruch hinauslaufen, wenn nicht die Indizienkette mit dem Bestellen der giftigen Substanz und das Auffinden des todbringenden Giftes beim Beschuldigten dagegensprechen würden. „Morgen müssen wir liefern", mit den Worten verabschiede ich heute meine Entscheidungsträger etwas früher.

Nach Lage der Dinge werde ich morgen wohl den Ausschlag geben müssen. Beim emotionalen Durchspielen der Aktenlage kann ich mich mit beiden Varianten anfreunden. Nehme ich die Faktenlage rationell als Grundlage, so sehe ich den Angeklagten Francesco Rivaldo durchaus als dringend tat-verdächtig. Er hat sich mit der Aussage, dass seine Frau Anna aufgrund ihres Naturells als Pazifistin und ihren mangelnden technischen Fähigkeiten, im Dark Net aktiv zu sein, auf keinen Fall als Täterin in Frage komme, selbst den Strick um den Hals gelegt. Bei unserer Abschlussbesprechung frage ich meine Mitentscheider nach ihrem Urteil.

Schöffin Inge Gewitz – schuldig!

Richter Reiner Brachmann – schuldig!

Schöffe Oskar Reiss – nicht schuldig!

Richter Wolfgang Ritschel – nicht schuldig!

Mein Schuldig begründe ich noch einmal mit der Aussage des Angeklagten, dass seine Frau als Täterin nicht in Betracht kommt.

Die ganze Nacht schreiben wir noch den genauen Wortlaut des Urteils nieder. Mit nur zwei Stunden Schlaf stehe ich heute das letzte Mal dem Schwurgericht des Landgerichts vor.

Mit großer Spannung erwartet neben dem Beschuldigten Francesco Rivaldo die anwesende Zuschauerschar das Urteil. Der Angeklagte nimmt die Verlesung des Urteils im

Stehen wahr. Im Zuhörerraum des Schwurgerichts ist auch eine zierliche junge Frau mit einer großen Sonnenbrille und einem weißen Sommerhut zu sehen. Anna, Francescos geschiedene Frau ist aus Griechenland mit dem Flieger angereist, wo sie mittlerweile lebt, und eine kleine Modeboutique besitzt. Beim Aufstehen und kurz vor dem Verlesen des Urteils beschleicht mich noch einmal kurz der Gedanke, dass Anna die Taten auch begangen haben könnte. Schnell räume ich meine emotionale Gedankenwelt zur Seite und verkünde das Urteil im Namen des Volkes:

„Herr Francesco Rivaldo wird nach §211 des Strafgesetzbuches wegen zweifachen Mordes schuldig gesprochen und zu einer lebenslänglichen Haft verurteilt."
Kaum habe ich die Worte ausgesprochen, gibt es aus dem Zuhörerraum Beifall und Pfiffe zugleich.

Nach kurzer Zeit hat sich der Lärmpegel wieder normalisiert und so kann ich die ausführliche Begründung des Urteils nachlegen.

Der Angeklagte Francesco Rivaldo würdigt mich keines Blickes als er mit Handschellen aus dem Gerichtssaal hinausgeführt wird.

Nach 30 Minuten schließe ich das Verfahren und verlasse mit meinen Kollegen das Gerichtsgebäude. Das jetzt folgende Wochen-ende werde ich nutzen, um wieder in eine ausgeglichene Gedankenwelt zu schlüpfen.

Kloster der Gnade

Der Wecker bringt mich heute nur schwer zum Wachwerden und so kämpfe ich heute mit dem Aufstehen etwas mehr als sonst. Nach dem Waschen treffe ich mich mit meinen Mitschwestern in der kleinen Kapelle zum morgendlichen Gebet.

Die Temperatur ist mit 10 Grad in dem Grotte-ähnlichem Raum noch sehr frisch und so beenden wir unser alltägliches Ritual nach 30 Minuten. Das tägliche, spartanische Frühstück, das wir gemeinsam im großen Speiseraum einnehmen, beschließt unser morgendliches Treffen.

Wir, das sind zwanzig Schwestern des Klosters der gnädigen Jungfrauen, die neben unserer christlichen Geisteshaltung noch eine Gärtnerei und eine kleine Brauerei betreiben und damit unseren Lebensunterhalt bestreiten. Meine Aufgabe besteht darin, aus verschieden Pflanzen neue Samen Zusammenstellungen zu kreieren, die uns neue Möglichkeiten der Vermehrung eröffnen. Durch meine intensive Arbeit im Freien und im Gewächshaus bin ich der Natur sehr nahe und schöpfe daraus meine Leidenschaft und Energie für meine Arbeit. Seit mehr als fünf Jahren widme ich mich dieser schönen Aufgabe. Die Umstellung aus der realen Welt in die neue ging nicht so einfach und so musste ich mich von einigen lieb gewonnen Lebensformen und Gewohnheiten trennen. Eine große Enttäuschung, die mir eine sehr ans Herz gewachsene und liebe Person aus heiterem Himmel offeriert hat, bewog mich, den nicht einfachen Schritt zu gehen. Im Nachhinein bin ich überglücklich, dass ich diesen drastischen Schnitt damals vollzogen habe.

Der dreimalige Glockenschlag signalisiert die Mittagspause und so treffen wir uns Minuten später im Speiseraum zu unserem Mittagsmahl.

Das obligatorische tägliche Tischgebet wird von uns Ordensfrauen sehr innig zelebriert. Die einfachen Speisen sind trotz alledem sehr schmackhaft und so gehen wir gut gestärkt in die Mittagspause. Heute ist Petro mit seinem Esel über den nur schwer zugängigen Weg zu uns ins Kloster gekommen.

Neben lebensnotwendigen Dingen bringt er einmal die Woche auch die Post aus dem Tal zu uns. Durch meine schnelle Flucht aus der Zivilisation und keine Hinterlassenschaft meiner neuen Identität bin ich bei der wöchentlichen Briefverteilung immer leer ausgegangen. Und so mache ich mir heute auch keine großen Gedanken, als die Schwester Oberin eine Handvoll Briefe an meine Mitschwestern verteilt.

Als die Worte „Zum ersten Mal nach fünf Jahren erhält unsere Schwester Veronika Garcia eine Nachricht aus der fernen Welt" meine Ohren erreichen, bin ich schon sehr überrascht. Auch beim Lesen des Absenders des aus Griechenland versandten Briefes kommt bei mir noch keine Zuordnung zustande.

Völlig überrascht, fast schon etwas ängstlich und mit großer Neugier beseelt kann ich meine Gefühlswelt momentan beschreiben. Die verbleibende Stunde der Mittagspause nutze ich, um das Geheimnis zu lüften. Das pastellfarbige Briefpapier lässt bei mir sofort eine Vermutung aufkommen, die ich aber sofort wieder fallen lasse, denn die große Enttäuschung von damals hat keinen Platz mehr in meiner Gedankenwelt.

Obwohl geistig verdrängt, lichtet das Gelesene sehr schnell das nicht für möglich Gehaltene. Meine Vermutung wird zur Realität und so lese ich sehr emotional die folgenden Worte:

Liebe Veronika,

ich habe mich so gefreut, als es mir nach großen Anstrengungen gelungen ist, deine neue Adresse in Erfahrung zu bringen.

Ich sitze hier in Griechenland auf meiner Sonnenterasse bei einem Gläschen Wein und genieße den Tag in vollen Zügen. Dreimal die Woche gehe ich für ein paar Stunden in meine Boutique, um etwas Abwechslung in den Tag zu bringen. Wie gerne erinnere ich mich noch an unsere schöne gemeinsame Zeit in Deutschland, als wir gemeinsam feststellten, dass eine zärtliche Liebe unter Frauen etwas ganz Besonderes ist.

Die Sehnsucht nach dieser Zeit ist bei mir in den letzten Jahren weitergewachsen, da ich nach meiner Hochzeit mit Francesco nur enttäuscht wurde. Die anfängliche Zuneigung änderte sich in den Jahren unserer Zweisamkeit. Die schönen romantischen Stunden wurden immer weniger, seine Zuneigung hatte zum Schluss nur noch den Zweck, dass er seine sexuellen Neigungen befriedigte. Und das möglichst schnell! Du wirst verstehen, dass diese Art der Liebe nicht in mein Weltbild passt, und so musste ich mich schützen.

Unsere gemeinsamen schönen Stunden wurden immer weniger. Keine Streicheleinheiten, wenig Zuneigung brachten uns schließlich zu einem sexfreien Nebeneinander.

Meine Ehe war nach zwei Jahren schon gescheitert. Trotzdem blieben wir zusammen. Mir war von dem Zeitpunkt an klar, als er mich nicht mehr bedrängte, mit ihm ins Bett zu gehen, um eine schnelle Nummer zu schieben, dass er wohl eine neue Gespielin haben musste. Man merkt es bei Ehemännern sofort, wenn eine neue Liebe im Spiel ist. Sie schauen mehr auf ihr Äußeres, sind oft abwesend und sind oft beruflich unterwegs. Vor allem nachts.

Es war ein leichtes für mich, sein innig gehütetes Geheimnis zu lüften. Wenn einer von heute auf morgen auf einmal dreimal die Woche bis spät nachts unterwegs ist, kann das nicht nur berufliche Gründe haben. So stellte ich mich gegen 17 Uhr an die Ecke Wiener Straße/ Berliner Straße und wartete auf die herausströmenden Mitarbeiter der Sparkasse. Francesco war leicht aus der Gruppe der Anzugträger zu erkennen, da er einen farblich gewagten bordeauxroten Mantel trug.

Am Südbahnhof trennten sich die meisten Kollegen und stiegen in ihre Straßenbahnen ein, die sie dann schließlich auch nach Hause brachten. Wie von mir schon vermutet fuhr mein Mann in die entgegenliegende Richtung mit dem Bus, der am Nord-Bahnhof endet. „Heute kann ich das Geheimnis noch nicht lüften", dachte ich für mich und ging die Poststraße entlang nach Hause. Als Francesco Stunden später die Eingangstür unsere Wohnung öffnete, sich schnell seines Mantels und der Schuhe entledigte und leicht verunsichert ins Wohnzimmer trat, ließ ich mir nichts anmerken und begrüßte ihn wie immer. Bei seiner nächsten Ankündigung, eine weitere „Spätschicht" zu arbeiten, war ich besser vorbereitet und so saß ich bereits eine Station vorher in dem Bus, der am Südhahnhof hielt und Richtung Nordbahnhof unterwegs war.

Mit einem großen Hut, einer Sonnenbrille und einem Parka bekleidet nahm ich in der letzten Sitzreihe Platz. Wie erwartet erschien mein Mann, in der Hand hatte er ein kleines Präsent, das ich aber nicht genau zuordnen konnte. Er saß nur drei Reihen vor mir und so konnte ich ihn gut beobachten. Eine leichte Nervosität konnte ich sofort erkennen, da er mit dem schön verpackten Präsent sehr unruhig hantierte.

An der Haltestelle Chausseestraße stieg er sehr schnell aus und ich hatte große Mühe, ebenfalls noch den Bus zu verlassen. Francesco lief dann kurz in die Turmstraße, bevor er in die Wiener Straße einbog. Dort verschwand er in einem Hochhaus mit über 80 Wohnungen. Um auf keinen Fall bemerkt zu werden, ließ ich genügend Abstand. Das hatte zur Folge, dass ich auf der einen Seite nicht entdeckt wurde, ich aber dafür keine Ahnung hatte, an welcher der 80 Klingeln er geläutet hat. „Mit dem heutigen Teilerfolg kann ich leben", dachte ich für mich und ging den Heimweg zu Fuß.

Durch eine Passage gelangte ich schnell in die Münchner Straße, von der ich in die Theaterstraße einbiegen konnte. Noch ein Straßenwechsel und schon stand ich vor unserem

Haus in der Lessingstraße. Das späte Nachhauskommen meines Mannes ignorierte ich ein weiteres Mal, ließ mir nichts anmerken und stellte mich wenig später schlafend. Ich wuchs dann sehr schnell in die Rolle der betrogenen Frau, ohne mich emotional daran zu stören. Im Gegenteil, dieses Detektivspielen machte mich auf der einen Seite sehr lebendig, obwohl der Grund natürlich sehr verletzend und demütigend war.

Zumindest war jetzt mein Seelenleben gefestigt, da ich jetzt von keinem Verdacht mehr ausgehen konnte, sondern von Fakten! In der Folgezeit ließ ich mir etwas Zeit und unternahm zunächst keine weiteren nächtlichen Detektivarbeiten.

Diese seelische Zwischenbilanz brachte bei mir die ersten Erinnerungen an unsere ersten schönen Stunden am Meer, wo wir ganz allein in den Dünen unsere jugendlichen Köper das erste Mal erforschten und sofort eine große Empathie füreinander entwickelten. Das zarte Streicheln deiner Hände auf meinem völlig entblößten Körper brachte meine Gefühlswelten fast zum Platzen. Mit jedem Fremdgehen meines Mannes wurde die Sehnsucht nach unserer wunderbaren Zweisamkeit größer. Leider bist du Wochen vor meiner Hochzeit plötzlich verschwunden und so hatte ich keine Möglichkeit mehr, mich mit dir zu treffen.

Schade, echt Schade! Nach Tagen der Entspannung nahm ich wieder meine Detektivarbeit auf, um der traurigen Tatsache endgültig ins Auge zu sehen. Das Haus war mir bekannt, die Wohnung noch nicht. Ich konnte schlecht mit meinem Mann den Lift besteigen und nach oben fahren, um mich dann vorzustellen. So musste ich eine List anwenden, die nicht ganz legal, aber für meine Bedürfnisse durchaus praktikabel war. Ich meldete mich telefonisch bei der Hausverwaltung als Beamtin des Einwohnermeldeamts, mit der Bitte, mir eine Liste mit den Bewohnerinnen und Bewohnern per Mail zukommen zu lassen.

Ohne Rückfragen wurde mir der Wunsch erfüllt und so hatte ich Minuten später die komplette Liste mit den Bewohnern der Wiener Straße 8. Vier Wohnungen waren nicht belegt.

Bei 30 Bewohnern war ein männlicher Vorname eingetragen, bei 42 Namen war als Anrede der Begriff Fam. für Familie zu lesen. Also blieben noch vier Wohnungen mit weiblichen Vornamen übrig. Manuela, Veronika, Carmen und Elisabeth! „Eine von denen "vögelt" mit meinem Mann", dachte ich für mich und so legte ich mir meine Strategie zurecht. Da mir die Wohnungsnummern meiner vermeintlichen Nebenbuhlerinnen bekannt waren, sollte es mir bald gelingen, die richtige zu finden. Gezielt nahm ich den letzten Akt meiner Aufklärungsarbeit in Angriff.

Als Spendensammlerin für eine caritative Institution klingelte ich an den besagten Wohnungstüren. Drei der Vier potenziellen Anwärterinnen hatte ich angetroffen und war mir sofort sicher, dass es die vierte sein musste, da mein Mann sich nur mit einer „hübschen Schnitte" vergnügen würde.

Den Begriff „Schnitte" verwendete er immer bei attraktiven Frauen. Nach meinem gekonnten Ausschlussverfahren blieb jetzt nur noch die Wohnung Nummer 42 übrig. Mit dieser Erkenntnis war ich jetzt einmal zufrieden

189

und sogar etwas stolz auf meine professionelle Aufklärungsarbeit. Aber wie bringe ich meine Arbeit erfolgreich zu Ende?

Wie konfrontiere ich Francesco mit den vor mir verborgenen Tatsachen? Wie kann ich ihn bestrafen? Soll ich dagegen ankämpfen?

All diese Fragen fanden bei mir keine Antworten. Ich ließ einige Zeit vergehen, bevor ich mich wieder aktiv bei der Aufklärung einbrachte. Mit zunehmender Zeit wurde mein Mann immer unvorsichtiger. So gingen sie gemeinsam und händchenhaltend ganz ungeniert durch die Straßen von Monopoly.

Auf den Parkbänken benahmen sie sich wie Jungverliebte. Leidenschaftliche Küsse und anstößige Körperberührungen gehörten ab jetzt zu ihren ganz normalen Spaziergängen dazu. Ich würde mich schämen, mich so offen und freizügig zu präsentieren. Aus meinem Versteck heraus schoss ich mit meiner Handykamera mehrere Beweisfotos.

Diese habe ich mir dann zuhause in aller Ruhe angesehen. Carmen de Mizere, wie sie mit richtigem Namen heißt, ist eine sehr hübsche Frau mit einer außergewöhnlich reizvollen Figur.

Das Verhältnis zu Hause wurde noch kälter und innerlich habe ich mich von ihm schon getrennt. Die Bestrafung war noch offen und so spielte ich mehrere Szenarien durch. Am Ende jeder Überlegung stand der Tod meines untreu gewordenen Mannes.

Da ich mit dem Töten von Menschen noch keine Erfahrung hatte, besorgte ich mir diverse Literatur, um meinen Plan umsetzen zu können. Und in dieser schwierigen Zeit schwenkten meine Gedanken immer wieder zu dir und unsere schöne Zeit. Meine Hochzeit mit Francesco war rationell durchdacht, da unsere gleichgeschlechtliche Beziehung, liebe Veronika, schon mal den einen oder anderen Kommentar in der Lehrerrunde hervorbrachte.

Um meine Verbeamtung nicht zu gefährden, ging ich den Schritt zur Eheschließung mit Francesco. Es lag sicherlich nicht an dir, dass unsere Ehe nicht so lange hielt und ich immer mehr zu dem Schluss kam, dass mein Mann nur meinen Körper, nicht aber mich als Person liebte und akzeptierte.

Du warst immer gedanklich an meiner Seite, als er bei seinen immer kürzer werdenden sexuellen Befriedigungen mir weder liebe Worte ins Ohr flüsterte noch zärtliche Streicheleinheiten verteilte. In diesen Phasen war das Verlangen nach dir enorm hoch und ich sehnte mich nach unseren gemeinsamen schönen Stunden. Mit zunehmender Zeit erhöhte sich die Sehnsucht nach dir ins Unermessliche.

Da du, ohne ein einziges Wort mit mir zu reden, einfach die Flucht ergriffen hast, ohne eine Adresse oder Handynummer zu hinterlegen, musste ich davon ausgehen, dass ich mit meiner unüberlegten Entscheidung, mich in eine Ehe zu retten, dir wohl sehr wehgetan habe. Trotz alledem hoffte ich bei jedem eingehenden Anruf, dass du auf der anderen Seite zu hören wärst. Diese Hoffnung musste ich über viele Monate verarbeiten.

Nach einigen Tagen der Ruhe entwickelte ich wieder eine gewisse kriminelle Energie. Als Waffe habe ich mir eine giftige Substanz ausgedacht, die nur schwer nachzuweisen war. Die Strategie war klar: Mir musste es gelingen, über den Computer meines Mannes im Dark Net die von mir mittlerweile gefundene Substanz zu bestellen. Mit einem Trick bin ich an das Passwort gelangt. Das Bestellen im Dark Net ist bei Wikipedia wunderbar beschrieben und so setzte ich den ersten Teil meines mörderischen Plans um. Mittlerweile wurde ich von der Schule beurlaubt, um meine psychischen Probleme in den Griff zu bekommen. Wochen später kam das längst ersehnte Päckchen aus Russland.

Die in kyrillischer Schrift gekennzeichnete toxische Substanz wurde von mir sehr sorgsam behandelt. Da die Berührung des Gifts mit der Haut schon tödlich ist, war klar, dass ich es unbemerkt mit einer Pipette in sein Rasierwasser bringen würde.

Noch hatte ich Skrupel, den Gedanken umzusetzen. Ich ließ weitere Wochen ins Land ziehen und war erst jetzt innerlich bereit, diesen grauenvollen Akt zu vollziehen. „Ich wasche seine Wäsche, sie nimmt seinen Körper", dieser Gedanke beflügelte noch einmal meine Entscheidung und so war ich mir sicher, die Tat zeitnah zu begehen.

Der Zufall wollte es, dass ich Francesco bei einem Stadtbummel mit einer weiteren Frau die Schillerstraße herauflaufen sah.

Nicht hübsch!

Nicht attraktiv!

Keine langen Beine!

Kein Schmollmund!

Keine gute Figur. Was macht mein Mann mit dieser Frau? Natürlich nahm ich diese weitere Begegnung mit einer fremden Frau als Kränkung auf. Wie konnte er mir das alles nur antun? Mein gut ausgeklügelter, feststehender Mordplan wurde von mir etwas nach hinten geschoben. Und jetzt kommst du wieder ins Spiel. Genau in so unsicheren Situationen hätte ich jemanden wie dich gebraucht, der mich etwas lenkt und mir Mut zuspricht. Genau den Mut, den du damals gezeigt hast, als die Gerüchte über unser Liebesleben schon allgegenwärtig waren, zu meinen Eltern zu gehen und mich als Minderjährige mit in den Urlaub zu nehmen.

Aus heutiger Sicht, liebe Veronika, war das der mit Abstand schönste Urlaub.

Erotisch, lebendig, lebensfroh und ohne Tabus in den Tag hineinleben ist, mit Verlaub, traumhaft. Nach dieser Woche bin ich zur Frau gereift und diese gefühlte Lebensfreude hat mich das ganze Leben lang weiter inspiriert, die ich leider vor ein paar Monaten verloren hatte. Meine Neugier war größer als der bevorstehende Mord. So verfolgte ich in den nächsten Tagen meinen Mann und konnte neben der „großartigen Schnitte" aus der Wiener Straße eine zweite weibliche Person mehrmals in Begleitung von Francesco sehen.

Sie trafen sich meist im Eiscafé am Rathausplatz. Hier war das Augenmerk mehr auf das verbale Abtasten gelegt. Sehr heftig und intensiv, oft mit der Unterstützung der Hand, mit gelegentlicher Mimik unterhielten sich die beiden. Da ich immer vor der Lokalität stehen blieb, konnte ich die Inhalte nicht verstehen und nur Vermutungen anstellen. Der nächste Tag brachte eine Wende bei meinen Mordvorbereitungen. Durch Zufall leerte ich beim Waschen von Francesco Jeans die Taschen aus und konnte den

193

Kassenzettel von der Nobel-Parfümerie Paris entdecken. Dem Betrag von 290 Euro galt nicht mein Augenmerk. Aber drei Mal meine persönliche Duftnote wunderte mich doch sehr. Hastig suchte ich in den Schränkchen im Bad, wo Francesco immer seine sensiblen Sachen deponiert. Schnell bin ich fündig geworden und habe die drei Präsente in Augenschein genommen.

Zuerst verwundert, doch Minuten später war mir klar, was da abläuft! Dass ich nicht Verdacht schöpfe, wenn er von seinen Liebesabenteuern nach Hause kommt und ich eine mir nicht bekannte Duftnote bemerken könnte. Diese Entdeckung zeigte mir neue Möglichkeiten auf. In drei Tagen war mein 35. Geburtstag.

Ich ging davon aus, dass ich mein jährliches Präsent in Form eines der Fläschchen erhalte, das er gut versteckt hinterlegt hat.

Drei Tage später liegt das Fläschchen schön verpackt auf dem Frühstückstisch. Begleitet mit einem flüchtigen Kuss auf meine Wange übergibt er mir das Geschenk. Das gemeinsame Abendessen beim Italiener in der Seestraße wirkt nach außen recht romantisch, nur von liebevollen Blicken oder kleinen Schmeicheleien ist nichts zu sehen.

„Ab jetzt läuft mein neuer und genialer Mordplan Nummer zwei!"

Liebe Veronika, dass du den schwerwiegenden Schritt gegangen bist, kann ich bis heute nicht nachvollziehen. Warum gehst du als lebensfrohe, optimistische und kreative junge Frau in ein spanisches Kloster und lebst seitdem in der Einsamkeit die Enthaltsamkeit. Du hast so vielen Menschen durch dein Erscheinungsbild, deine Art zu sprechen und deine unerschöpfliche Hilfsbereitschaft gutgetan. Neben deiner zärtlichen Hingabe war es vor allem deine lebensfrohe Art, die so vielen Menschen in deinem früheren Umfeld viel Kraft gegeben hat. Meine geliebte Veronika, beim Schreiben dieser Zeilen rollen mir immer wieder Tränen der Verzweiflung über die Wangen. Ich war leider nicht stark genug, deine außergewöhnliche große Liebe zu mir mit allen Konsequenzen zu verteidigen. Aus heutiger Sicht war das mein größter Fehler, der mir bis heute unterlaufen ist.

Diesen werde ich mir bis an mein Lebensende nicht mehr verzeihen und bitte dich inständig, mir noch einmal die Chance zu geben, mit dir noch einmal ein neues Leben zu beginnen. Schließlich sind wir noch keine 40 Jahre alt! Drei Tage nach meinem Geburtstag arbeitete ich an meinen Mordplänen weiter.

Mit größter Sorgfalt und Hingabe holte ich das Nervengift aus meinem Versteck. Im Bügelzimmer legte ich eine abwaschbare Tischdecke aus, um den Giftcocktail zu mischen.

Die Dosis durfte nicht zu stark sein, sonst würden meine Nebenbuhlerinnen sofort nach dem Auftragen einen schnellen Tod erleiden. Nein, der Anteil von Britzcobalap durfte maximal bei fünf Prozent liegen. Nach dem Abwiegen meines geleerten Parfümfläschchens legte ich das für Carmen de Mizere gedachte Präsent auf die Briefwaage.

So konnte ich das Gewicht des gutriechenden Inhalts genau ermitteln.

Den 48 Gramm schweren Inhalt mischte ich mit einer Pipette weitere zwei Gramm des todbringenden Stoffes bei. Nach einer kurzen Überlegung, ich rechnete das ideale

Mischungsverhältnis noch einmal nach, war mir jetzt klar, dass es ab jetzt kein Zurück mehr geben wird. Das zweite Geschenk präparierte ich auf gleiche Weise, verpackte es in die Originalschächtelchen und brachte sie wieder an den Ursprungsplatz zurück.

Zuerst wollte ich Francesco nach dem Leben trachten. Ich überlegte dann aber kurz und kam zu dem Schluss, dass ich ihm mit den beiden Morden noch mehr Leid zufügen konnte.

Er sollte es am eigenen Körper erfahren, wie es ist, wenn einem das Liebste genommen wird. Ja, liebe Veronika, schlussendlich hat er dich mir weggenommen, indem er mir die große Liebe vorspielte, mich so geblendet hat und mich Monate später, wie eine heiße Kartoffel fallen ließ. Neben dem schäbigen Verhalten hat er in der Zeit auch kein gutes Haar an deiner Person gelassen.

Das von ihm gesponnene Intrigennetz habe ich für bare Münze genommen und somit dein Vertrauen sträflich verletzt.

Diese Erkenntnis und die sich immer stärker in meinem Unterbewusstsein festgesetzte Sehnsucht nach dir rechtfertigen in meinen Augen die Entscheidung, Carmen und Galina zu tötet. Er wird die gleiche schwere Zeit durchleben müssen wie ich ohne dich. Nachdem ich diese nicht ungefährliche Aktion durchgeführt hatte, musste ich nur noch warten, bis es so weit war.

Es vergingen einige Wochen ohne große Veränderungen in unserem Eheleben. Das Einzige, was ich bei Francesco feststellen konnte, war eine gewisse Überforderung. Ob diese von seinem Berufsleben oder dem Stress mit seinen beiden Mätressen abhing, war mir zu dem Zeitpunkt nicht klar. Kurzfristig konnte er mit überhöhtem Tablettenkonsum seine immer mehr auftretende Unsicherheit überspielen, fiel aber Tage später in den gleichen Trott zurück.

Wie sich später herausstellte, griff er in der Zeit auch vermehrt zu Drogen, die er sich an diversen dunklen Ecken besorgte.

Als ich eines Tages nach Hause kam, erschrak ich sehr, als ich meinen Mann regungslos am Boden liegen sah. Ich sah jetzt, dass die Zeit der Trennung gekommen war und bin am nächsten Tag ausgezogen. Nur mit dem nötigsten Hab und Gut zog ich in die Turmstraße.

Die Zweizimmerwohnung war möbliert und reichte mir als Ausweichquartier. Jetzt konnte ich das Ganze aus der Ferne betrachten.

Das Einzige, was mir fehlte, warst du, liebste Veronika Über deine Eltern und Geschwister habe ich mehrmals versucht, deinen Aufenthaltsort herauszubekommen. Selbst die Vermisstenstelle der Stadt wurde von mir mehrmals gebeten, nach dir zu suchen. Allein in meiner kleinen Wohnung, mit einer nicht mehr auszuhaltenden Sehnsucht nach dir, half mir nur noch mein Kopf Kino. Je länger ich an dich dachte, umso mehr gemeinsame Erlebnisse wurden wieder allgegenwärtig.

Der Rucksackurlaub, den wir in Italien verbrachten, bei dem wir die gesamte Strecke per Autostopp zurücklegten, deine Liebkosungen, die bei mir immer neue Gefühlswelten hervorriefen und das Verlangen nach immer mehr jeden Tag vergrößerten.

Als wir nach gefühlten vier Wochen zurückkamen, wusste ich zum ersten Mal, was Liebe eigentlich bedeutet. Freiheit,

Spontanität, Glücksgefühle, Abenteuer und vor allem die Lust.

Die Lust nach schönen Stunden, in denen unsere Körper miteinander verschmolzen waren. Der Kontrast, der dann entstand, wenn ich aus meiner Traumwelt aus- und in die Realität eingestiegen bin, war sehr hart und so geriet ich auch etwas aus der Bahn. Am Anfang fing mich der Alkohol auf. Ich musste meinen Kummer, der mich zwischendurch immer wieder nach unten zog, irgendwie bekämpfen und so war mir das berauschende Mittel gerade recht.

Ich weiß heute nicht, wie es mit mir weitergegangen wäre, wenn ich nicht zufällig in der Stadtzeitung eine kleine Notiz über einen Todesfall in der Straßenbahn gelesen hätte. In dem Polizeibericht wurde weiter erwähnt, dass es sich um eine junge Frau handelte, die an einem plötzlichen Herztod verstorben sei.

Genau diese Diagnose bewirkte mein Cocktail, den ich mit sehr viel Hingabe gemixt hatte. Die kurze Notiz wurde von der Öffentlichkeit nur am Rande erwähnt und war schon ein paar Tage später kein Gesprächsstoff mehr. Bei mir war das etwas anderes.

Ich musste jetzt hellwach sein, denn mir war bewusst, dass es sich bei der Getöteten um eine meiner Neben-buhlerinnen handelte. „Das Gift eignet sich ja hervorragend für besondere Fälle", dachte ich für mich und war etwas verunsichert, da man hier nicht in einer Gewalttat ermittelte.

Das änderte sich dann aber schlagartig, als eine zweite Person, wiederum eine Frau, wieder mit den gleichen Symptomen, tot aufgefunden wurde. Die Presse griff die

Geschichte mit der zweiten mysteriös ums Leben gekommenen Frau sofort auf und setzte das Thema täglich auf die erste Seite. Mittlerweile stellte die Gerichtsmedizin fest, dass es sich bei den Todesfällen keineswegs um eine natürliche Todesursache handelt.

Britzcobalap wurde bei der Spurensuche als todbringendes Nervengift gefunden. Mir war klar, dass über kurz oder lang mein von mir getrenntlebender Mann in den Fokus geraten würde. Und so wunderte es mich nicht, als er genau zehn Tage nach Bekanntgabe der Todesursache zur Vernehmung ins Landeskriminalamt gebracht wurde. Der Rest ist bekannt. Mein mittlerweile von mir geschiedener Francesco Rivaldo wurde in einem Indizienprozess zu einer lebenslangen Freiheitsstrafe verurteilt. Über den Zeitraum des Prozesses beim Landgericht in der Strafkammer wurde ich wieder trocken. Mein Alkoholproblem war Geschichte und so konnte ich, angetrieben durch die nie endende Sehnsucht nach dir, meine Suche weiterführen. Wochenlang kam ich dem Geheimnis deiner neuen Bleibe nicht näher. Die aufkommende Resignation wechselte ständig mit der mich fast schon erdrückenden Sehnsucht nach dir, deinen wunderbaren blauen Augen, deinen Händen und Liebkosungen.

Und so musste der Zufall helfen. Bei einem Klassentreffen letzten Monat traf ich auch Elisabeth. In dem locker geführten Gespräch mit ihr waren nach vielen spannenden Themen auch die älteren Schülerinnen ein Thema. Ohne an dich zu denken und ohne Aufforderung meinerseits erzählte Elisabeth von einer gemeinsamen Zugfahrt mit dir, wo ihr euch zufällig getroffen habt. Du warst auf der

199

Fahrt ins Kloster der barmherzigen Jungfrauen in Spanien, als Elisabeth kurz vor der Grenze zustieg und ihr für ein paar Stunden zum Sprechen kamt. Du hast ihr deine große Enttäuschung anvertraut. Für mich war das Gespräch mit Elisabeth sehr wichtig, denn da begriff ich zum ersten Mal die Geschichte aus deiner Sicht. Von da an war es nicht mehr schwer, dich zu finden.

Über Google konnte ich die Adresse des Klosters sehr schnell herausfinden. Liebste Veronika, ich bitte dich inständig, dass du mein Angebot, den Umzug von Spanien nach Griechenland annimmst. Wir haben hier alles, was wir zum Leben benötigen. Neben dem blauen Meer haben wir fast immer Sonne, köstlichen Wein und unendlich viel Zeit für uns.

Solltest du dich nach Abwägung aller Unwegsamkeit entscheiden, mich nicht zu besuchen, könnte ich mir durchaus vorstellen, meinen Wohnsitz nach Spanien zu verlegen. Ob wir dann aber genauso viele Möglichkeiten haben, unsere wunderbare Zweisamkeit auszuleben, sei einmal dahingestellt.

Liebste Veronika, aber diese schwere Prüfung würde ich hinnehmen, nur um dir nahe zu sein. Aber warum sollten wir nicht den von mir leichteren Weg gemeinsam bestreiten?

Liebste Veronika, unsere fast vollkommene Liebe hat jetzt schon mehr als 20 Jahre Bestand.

Sie ist, obwohl wir beide große Entbehrungen hinnehmen mussten, nach wie vor sehr innig und aufregend und schön. Ich hoffe inständig, dass ich dich schon bald am Bahnhof in Saloniki mit offenen Armen empfangen kann. Bis bald, ich umarme und küsse dich. In großer Liebe, Anna.